DOMAINE FRANÇAIS

DANSER LES OMBRES

DU MÊME AUTEUR

Romans

CRIS, Actes Sud, 2001 ; Babel n° 613.

LA MORT DU ROI TSONGOR, Actes Sud, 2002 ; Babel n° 667.

LE SOLEIL DES SCORTA, Actes Sud, 2004 ; Babel n° 734.

ELDORADO, Actes Sud/Leméac, 2006 ; Babel n° 842.

LA PORTE DES ENFERS, Actes Sud/Leméac, 2008 ; Babel n° 1015.

OURAGAN, Actes Sud/Leméac, 2010 ; Babel n° 1124.

POUR SEUL CORTÈGE, Actes Sud/Leméac, 2012 ; Babel n° 1260.

Théâtre

COMBATS DE POSSÉDÉS, Actes Sud-Papiers, 1999.

ONYSOS LE FURIEUX, Actes Sud-Papiers, 2000 ; Babel n° 1287.

PLUIE DE CENDRES, Actes Sud-Papiers, 2001.

CENDRES SUR LES MAINS, Actes Sud-Papiers, 2002.

LE TIGRE BLEU DE L'EUPHRATE, Actes Sud-Papiers, 2002 ; Babel n° 1287.

SALINA, Actes Sud-Papiers, 2003.

MÉDÉE KALI, Actes Sud-Papiers, 2003.

LES SACRIFIÉES, Actes Sud-Papiers, 2004.

SOFIA DOULEUR, Actes Sud-Papiers, 2008.

SODOME, MA DOUCE, Actes Sud-Papiers, 2009.

MILLE ORPHELINS, suivi de *LES ENFANTS FLEUVE*, Actes Sud-Papiers, 2011.

CAILLASSES, Actes Sud-Papiers, 2012.

DARAL SHAGA suivi de *MAUDITS LES INNOCENTS*, Actes Sud-Papiers, 2014.

Récits

DANS LA NUIT MOZAMBIQUE, Actes Sud, 2007 ; Babel n° 902.

LES OLIVIERS DU NÉGUS, Actes Sud/Leméac, 2011 ; Babel n° 1154.

Littérature jeunesse (album)

LA TRIBU DE MALGOUMI, Actes Sud Junior, 2008.

Beau livre

JE SUIS LE CHIEN PITIÉ (photographies d'Oan Kim), Actes Sud, 2009.

© ACTES SUD, 2015
ISBN 978-2-330-03971-4

© LEMÉAC ÉDITEUR, 2015
pour la publication en langue française au Canada
ISBN 978-2-7609-1281-6

LAURENT GAUDÉ

Danser les ombres

roman

ACTES SUD/LEMÉAC

Pour Gaël Turine,
En souvenir de ces heures passées ensemble dans les rues de Port-au-Prince, en amitié.

Pour Lyonel Trouillot,
Qui porte son pays dans les yeux et le peuple dans son cœur.

PROLOGUE

NINE

Il avait fait chaud toute la journée et les commerçants de la rue Veuve contemplaient l'artère désespérément vide en se demandant ce qui les retenait encore ici à cette heure où il était quasiment certain qu'il ne viendrait plus personne. Toute la journée, Lucine s'était essuyé le cou avec le mouchoir mauve que lui avait offert sa nièce – la petite Alcine. Elle était restée accroupie derrière son échoppe en bois, sous l'ombre des arcades des belles maisons construites après le grand incendie, s'épongeant le front, pensant, comme tous les autres, à ce qu'elle ferait à manger ce soir. Toute la rue était prise de langueur. Même la vieille Goma – que les enfants du quartier appelaient Mam' Popo sans que l'on sache d'où venait ce surnom – était muette. D'ordinaire, elle régnait sur le marché avec l'autorité de sa gouaille et de ses kilos, haranguant le chaland dans une langue qui faisait s'esclaffer les commerçants jusqu'au Ciné Pigaille…

— Flacon, parfum after-shave, approche-toi chéri, ça vient de Paris…

— Je n'ai pas une gourde*, Mam' Popo…

* Monnaie haïtienne.

11

— Qui parle d'argent, malotru, je te parle d'amour, moi!

— Hey, Mam' Popo, ma femme sera pas contente…

— Tais-toi, mon nègre, ta femme sera ravie si tu sens bon Paris!

Même Mam' Popo, en ce jour, était muette, immobile, les lèvres molles, la jupe tombante entre ses cuisses ouvertes, suant lentement d'ennui sur le trottoir. C'était comme si toute la rue attendait que la doyenne donne le signal du départ en lançant un de ses jurons préférés, "Cornecul, on dirait que la mer a pété tellement il fait chaud aujourd'hui!", pour tout remballer. Alors les plus pressés seraient rentrés chez eux, les autres auraient descendu la rue, calmement, jusqu'au bâtiment de la douane près du port, pour aller boire un peu d'eau, contempler le ciel et essayer de comprendre ce qui avait produit une telle chaleur. Mais Mam' Popo ne jurait pas, ne bougeait pas, ne semblait plus qu'une masse immobile et les commerçants restaient prisonniers de leur accablement.

C'est Lucine qui le vit la première. D'abord, elle crut être victime d'une vision, cligna des yeux, s'essuya le front et regarda à nouveau. Mais les cris lui firent comprendre qu'elle ne s'était pas trompée. En une seconde, les commerçants sortirent de leur torpeur. Toutes les têtes se tournèrent vers le haut de la rue.

— Regardez!…

— Vous avez vu?…

Un être avançait, au milieu de la chaussée, avec une démarche syncopée – mi-danse, mi-titubement d'ivrogne. Il avait le torse nu et brillait sous le soleil. Son corps était recouvert d'une sorte de poix qui dessinait chacun de ses muscles – décoction de sirop de canne et de poudre de charbon peut-être, comme on en utilisait lors du carnaval –, à moins que ce ne fût sa véritable peau, naturellement huilée et scintillante. Il portait sur la tête une cagoule découpée dans une épaisse toile de jute, surmontée de deux cornes de bœuf, ce qui lui donnait une silhouette de Belzébuth. Si c'était un déguisement, il l'avait emprunté tout entier à celui des Lansetkods, ces figures de carnaval qui d'ordinaire vont en groupe, terrorisent les passants, font des pompes au milieu de la rue et essaient d'attraper les badauds pour les engluer de mélasse. Mais ce n'était pas jour de carnaval ni même la saison des raras*, et si cet homme s'était déguisé, il était fou ou s'était trompé de ville… Ulysse, le vieux vendeur de paniers, fut le premier à l'interpeller.

— Qu'est-ce que tu fais là, mauvaise blague?

L'homme ne répondit rien. De sa gorge sortit un étrange grognement. Tite Gervaise, la couturière de la rue Charmant, poussa alors un cri, "Loa**!…", qui répandit immédiatement une panique irrépressible dans la foule. Et si elle avait raison? S'il ne s'agissait pas d'une mauvaise blague mais bel et bien d'un esprit? Marcus, le jeune vendeur d'eau, la regarda avec un air horrifié et plusieurs commerçants se levèrent d'un bond, renversant les babioles qu'ils n'avaient pas réussi à vendre, cherchant à s'écarter du passage de l'ombre tout en restant suffisamment

* Défilés spontanés qui précèdent Pâques.
** Terme qui désigne les esprits dans la culture vaudou.

près pour ne rien perdre de ce qui se passerait. Les cris avaient attiré d'autres badauds. La foule devenait plus dense. Des femmes sortaient sur le pas de leur porte et restaient là, un nourrisson dans les bras, médusées devant cette apparition. Dans la foule, quelques hommes qui n'étaient pas au premier rang et n'avaient pas encore vu l'homme mais à qui on avait dit qu'un type était là, déguisé comme au carnaval, lancèrent des injonctions, croyant encore qu'il s'agissait d'une farce dont on parlerait dans les jours à venir avec plaisir et voulant marquer cette scène de leur propre commentaire dans l'espoir que l'on se souviendrait de leur bon mot.

— T'es trompé, Lansetkod, faut retourner en Guinée jusqu'à Pâques !

— On va te frotter de poix, nous, coquin !

Quelques-uns riaient, mais de moins en moins, car se diffusait dans la foule le sentiment qu'il se déroulait là quelque chose d'anormal et que ceux qui riaient allaient bientôt le regretter… Lucine ne bougeait pas. Elle attendait, pétrifiée. Sans qu'elle puisse dire pourquoi, il lui semblait que cette ombre était là pour elle. Le Lansetkod avançait, zigzaguant dans la rue Veuve, le corps délié comme un lézard, sûr de la peur qu'il faisait naître chez ceux qui l'entouraient. Lorsqu'il s'avança encore, Mam' Popo lâcha un "Doux Jésus !…" et, n'y tenant plus, s'enfuit en courant, bousculant tout le monde sur son passage, renversant un carton rempli d'ananas et de mangues et marchant sans même s'en rendre compte sur les poissons séchés que sa voisine vendait. Ce fut une sorte de signal et plusieurs badauds s'enfuirent, ne craignant plus de paraître peureux puisque Mam' Popo elle-même – qu'on n'impressionnait pourtant pas facilement – avait déguerpi. À cet instant, l'ombre était au niveau de Lucine. Elle s'arrêta, se tourna avec lenteur, puis s'approcha encore. Lucine vit ses deux yeux noirs comme des éclats de quartz et elle sut qu'elle avait devant elle l'esprit Ravage, celui qui renverse la vie des hommes, écroule les existences, celui qui casse les vies et fait pleurer les femmes. Il était là, ne bougeait pas, semblait la flairer. Soudain, il leva la main droite vers le visage de Lucine et du bout du doigt, mais sans la toucher, il sembla lui dessiner quelque chose sur le front, un vévé* ou tout autre signe destiné à la marquer. Lucine ne bougeait pas. Elle savait que cela était inutile. L'esprit allait maintenant rire, la griffer, la maudire, il n'y avait rien à faire. Elle était simplement décidée à ne pas reculer. Mais il ne fit rien de cela. Lentement, il baissa la tête avec déférence, presque, comme s'il la saluait. Lucine regardait tout cela sans ciller. Elle n'avait plus peur. Quelque chose d'inéluctable était face à elle. Elle retenait son souffle. L'esprit continuait à la fixer comme s'il attendait un ordre de sa part. Puis, d'un coup, avec une célérité de fauve, il tourna les talons et bondit dans la rue Alcius-Charmant. Sa course subite déclencha des cris de toute part. On s'écartait en hâte, priait pour ne pas être touché par le démon, s'insultait de s'être laissé aller à la curiosité quand il aurait fallu faire comme Mam' Popo : détaler au plus vite et aller chercher les représentants de la force publique. Des paniers de fruits furent renversés. La mère Adeline perdit ses poissons séchés, définitivement écrasés par la foule.

* Dessin vaudou, souvent fait à même le sol à l'aide de farine blanche.

Lucine laissa les sacs de riz et de pois qu'elle vendait et suivit ceux qui couraient derrière l'ombre. Elle ne voyait plus rien que des corps pressés, à la fois curieux et apeurés. Ce n'est qu'après la rue Amboise que la foule devint moins dense. La prudence ou la peur d'être volés s'ils s'éloignaient trop de leur échoppe avaient fait renoncer beaucoup de commerçants à en savoir davantage et ils restaient là, par petits groupes, dans la première partie de la rue – sûrs que, de toute façon, il leur serait raconté avec force détails ce qui allait se passer, et qui finalement était véritablement ce drôle de coquin.

Quelques mètres avant le croisement de la rue Normande, Lucine s'arrêta. Elle ne pouvait quitter des yeux l'attroupement qui s'était formé devant chez elle. Elle n'avait plus de souffle et il lui semblait qu'elle ne pourrait plus jamais avancer d'un pas. Les gens du quartier s'étaient regroupés devant sa porte, commentant l'événement, montrant du doigt différents endroits, au sol et sur le mur. Lorsqu'elle aperçut sa sœur Thérèse, elle fut rassurée et trouva la force de faire à nouveau quelques pas. Sa sœur aînée ne l'avait pas encore vue. Elle parlait avec un voisin, tenant dans ses bras le petit Georges, son neveu, et par la main la jeune Alcine. Lucine approcha encore. Le long du mur de la maison, elle remarqua des traces étranges de mélasse. Maintenant qu'elle était plus proche, Lucine vit que Thérèse avait les yeux mouillés de larmes. "Nine!… Nine!…", répétait-elle sans pouvoir rien articuler d'autre. Lucine s'affaissa alors d'un coup, parvenant tout juste à poser une main le long du mur pour amortir sa chute. Tout était clair maintenant. L'esprit était venu pour sa sœur cadette, Antonine, la mère de Georges et Alcine. Ce ne pouvait être que cela. Nine, la sœur mangée par les ombres, celle qui déparle la nuit en roulant des yeux fous et lance aux hommes, dans les rues de Jacmel, des paroles obscènes, aguicheuses, s'offrant au regard avec des poses lascives, Nine, la plus belle des trois, pour laquelle Lucine avait quitté Port-au-Prince cinq ans auparavant, renonçant à ses études, abandonnant la vie qu'elle se construisait avec bonheur dans la capitale, revenant là, à Jacmel, dans la maison natale de la rue Amboise, parce qu'il fallait bien que quelqu'un s'occupe d'élever les enfants et que cela ne pouvait être qu'elle et sa sœur, Thérèse – sans quoi Georges et Alcine vivraient d'herbes sèches et de l'air salé qu'apporte le vent qui caresse la mer, comme des chiots à peine nés mais déjà faméliques, Nine, c'était évident. Ce qu'elle sut ensuite, elle l'apprit là, toujours effondrée contre sa propre maison, de la bouche des voisins qui l'avaient reconnue et lui apportèrent un peu d'eau et qui firent le récit complet de la scène au fonctionnaire de police qui avait fini par arriver. Nine était partie avec l'ombre. Il n'y avait eu aucune violence. Certains disaient même qu'elle chantait tandis qu'elle s'éloignait de la maison. On l'avait vue prendre la route du cimetière. Puis, plus loin encore, au-delà, gravir les collines… "Elle ne reviendra jamais", concluaient toujours les gens que l'on interrogeait. Certains insistèrent pour montrer au fonctionnaire le lieu exact où la jeune femme s'était arrêtée une dernière fois pour se retourner et contempler sa maison avant de filer, l'endroit où elle avait ri, car elle avait ri, oui, comme une jeune femme partie pour une promenade, impatiente et joyeuse. Lucine sentit ses oreilles bourdonner, les phrases continuaient et son souffle à elle était de plus en plus court, elle entendit encore la voix de sa nièce, Alcine, qui l'appelait, "Tante Lucine?... Tante Lucine?...", mais elle ne put y répondre, les forces l'abandonnaient, son sang semblait quitter ses doigts, ses mains, ses tempes, et elle s'évanouit...

I

PORTAIL LÉOGÂNE

Elle fut la dernière à descendre du bus. Elle laissa passer consciencieusement tous les passagers – des jeunes hommes allant chercher du travail dans la ville, une mère tenant deux enfants par les bras, une vieille marchande invectivant la foule au moment de descendre pour qu'on ne la bouscule pas. Il faisait chaud. L'air était saturé de la sueur des voyageurs qui, pendant quatre heures, s'étaient fait ballotter, sautant, se cognant, essayant vainement de rester droits dans leur siège. Tout était moite et les passagers sortaient tous du bus avec un soupir de soulagement, décollant leur robe ou leur chemise de leur peau, essayant de se faire un peu d'air avec un journal ou avisant au plus vite des vendeurs d'eau pour étancher une soif immense. Elle, non. Elle attendit patiemment, jusqu'à être la dernière à descendre comme si elle craignait de sortir du véhicule, comme si ce qui l'attendait dehors représentait une menace. Durant tout le voyage de Jacmel à Port-au-Prince, elle avait pensé à ce qu'elle devait faire une fois arrivée, à la mission dont elle devait s'acquitter. Sa jeune sœur était morte, Nine la bancale, d'esprit retourné, Nine voluptueuse malgré les regards de désapprobation des vieilles voisines, Nine échappée du monde dans un dernier soupir d'extase. Elle savait qu'elle était là pour annoncer cette disparition. Elle portait le deuil en elle, sur son visage, dans ses vêtements. C'est lui qui lui avait fait baisser la tête pendant presque tout le voyage, ne discutant avec aucun de ses voisins, regardant simplement la campagne défiler. C'est lui qui la guiderait dans les rues de Port-au-Prince, jusqu'à Armand Calé, le père de la petite Alcine. Elle était là pour dire la mort, rien de plus, et pourtant, lorsqu'enfin elle sortit du car, lorsqu'enfin elle posa le pied dans la poussière du grand carrefour sud de Port-au-Prince et que le tumulte la saisit, elle ouvrit la bouche de stupeur. Quelque chose l'entourait qui prenait possession d'elle, qui était plus fort que le deuil, qui semblait même chasser l'idée de sa mission. Elle ne pensait plus aux gourdes que lui avait confiées Thérèse, ni aux visages de ses deux petits neveu et nièce. Elle ne pensait plus aux mots qu'elle aurait à choisir devant Armand Calé, tout était comme effacé. Seul restait le capharnaüm de la rue. La tête se mit à lui tourner. Elle était assaillie par un déluge de couleurs, rouge, jaune, vert, orange, des peintures des voitures, des décorations des bus. Abasourdie par le vacarme continu des moteurs, des klaxons, des chauffeurs hélant le chaland… Dans ce grand carrefour du sud de Port-au-Prince, c'était un inextricable amoncellement de bus, de camionnettes, de voitures, et chaque véhicule était chargé dans des cris ininterrompus, les passagers essayant de faire rentrer des paquets énormes, et ça criait derrière, qu'il fallait faire de la place, qu'on n'allait pas y passer la nuit, les chauffeurs seuls restaient calmes, habitués à ces minutes qui peuvent durer un siècle où les corps essaient de trouver une place dans un si petit habitacle, où les voisins se choisissent, où certains, d'un coup, se relèvent et obstruent à nouveau le couloir central pour changer de place parce qu'ils viennent de découvrir que la vitre de leur siège est bloquée et qu'ils savent que le voyage – pour celui qui sera assis ici – se transformera en une lente torture ; les chauffeurs attendaient, faisant signe, parfois de la main à un ami, ou saluant d'un air fatigué un chauffeur de taxi, comme s'ils n'entendaient plus le brouhaha permanent des klaxons. Elle était là, elle, au milieu de tout cela, et elle sentait qu'elle retrouvait non seulement sa ville, puante, grouillante, frénétique, mais aussi sa propre existence. Et alors, surprise elle-même de pouvoir le faire, elle sourit.

La grande porte du grillage s'ouvre enfin et Saul découvre ce qu'il ne pensait pas possible à Port-au-Prince : un vaste parc en terrasse, verdoyant, où des petites allées de graviers serpentent à travers les manguiers, descendent en escalier jusqu'à une immense villa qui domine la ville. Le taxi moto qui l'a conduit jusqu'ici vient de démarrer dans son dos et lui fait un petit signe des doigts sans lâcher le guidon, le laissant face au gardien du portail qui tient la porte entrebâillée, le pistolet à la ceinture, attendant qu'il pénètre dans l'allée pour pouvoir refermer derrière lui. Mais il ne le fait pas. Il reste là comme s'il hésitait à entrer, ou comme si cela lui répugnait. Durant toute la montée à taxi, sur cette route verticale où ils n'ont croisé personne, il a été sidéré de ne pouvoir voir aucune des villas de Montagne-Noire. La route est bordée tout du long par de hauts murs. Et tout ce que le passant aperçoit, c'est la cime d'arbres luxuriants faisant imaginer des jardins tropicaux où le clapotis des fontaines couvre avec élégance la rumeur lointaine des embouteillages. Le vrai luxe, pense-t-il à cet instant, c'est d'échapper aux regards. Dans cette ville où tout le monde vit dehors, où l'on peut assister – le temps d'une promenade – à des disputes, des parties de cartes entre amis, des bains de nourrissons, le vrai pouvoir, c'est de se soustraire aux yeux des autres. Et de voir. Montagne-Noire est tout entière construite ainsi. Le quartier domine Pétion-Ville et Port-au-Prince derrière. On y voit la mer. Et pourtant on y vit caché. Le visage de Saul s'est rembruni. Lorsque le gardien répète pour la troisième fois "Monsieur?" pour qu'il avance, il se tourne vers lui avec mauvaise humeur et lui lance "Qu'y a-t-il?", puis, sans attendre de réponse, pénètre dans la propriété.

Le bruit de la rue l'a envahie avec tant de violence que Lucine, pour ne pas tomber, a dû se tenir à la carlingue rouge du bus – à l'endroit où il est écrit en belles lettres rondes "Lavi pa facil". Sa tête lui tourne. Elle retrouve sa ville. Tout est là. Même tumulte de voix qui se chevauchent. Même fouillis de couleurs : les voitures peintes, les robes des femmes… Même assourdissement de la rue où tout se mêle, les paroles des hommes échangées en criant, les pots d'échappement, le grondement calme des truies qui fouillent la vase… C'est sa ville, quittée cinq ans plus tôt parce que Nine était enceinte et qu'il fallait l'éloigner de Port-au-Prince, parce que les deux grandes sœurs, Thérèse et elle, savaient bien que Nine n'était pas une mère, ne le serait jamais et qu'il fallait l'accompagner et rentrer à Jacmel avec elle – laissant derrière elle la vie qu'elle avait aimée, les études de droit, les réunions du groupe politique auquel elle appartenait et qui prenait de plus en plus de place au fur et à mesure que la situation du pays se tendait, oui, elle se souvient de tout cela, c'était d'abord une fois par semaine et ils parlaient en s'exaltant de liberté de la presse, de démocratie, puis c'était deux ou trois fois par semaine, les manifestations avaient commencé et tout le monde était surpris par l'ampleur du mouvement et puis, cela avait été tous les jours, les cours ne comptaient plus, les professeurs étaient dans la rue eux aussi, criant avec eux "Dehors Aristide !" et rien ne semblait pouvoir les vaincre, la foule était si dense, si jeune, "Dehors Aristide !", le Champ-de-Mars entier était noir de monde, et le palais présidentiel semblait bien petit, les centaines de manifestants payés par le régime pour venir contre-manifester bien dérisoires, même s'ils avaient des visages de vauriens et des armes sous leur T-shirt, même si tout le monde savait qu'à un moment ou un autre, ils tireraient sur la foule parce que c'était exactement ce qu'on attendait d'eux, "À bas Aristide !", le peuple entier de la ville derrière sa jeunesse, remerciant sa jeunesse d'oser pour lui la révolte, d'en avoir assez pour lui et de chanter, le poing levé, dans les rues, dansant parfois, pour dire que la politique, là, se faisait avec joie, parce que la libération du peuple est toujours un moment de joie, "À bas Aristide !", elle se souvient, c'étaient eux qui avaient gagné, les vauriens en bande avaient tiré, le pouvoir avait tiré à son tour, des corps avaient été traînés sur le bitume, T-shirts déchirés, des mères s'étaient agenouillées en pleurs devant la dépouille d'un jeune homme de seize ans parti le matin pour plus de liberté et qui revenait, le soir, tête ouverte, sans vie, elle se souvient de tout, cette vie-là, avant qu'elle ne parte parce que Nine n'était pas une mère – une enfant de seize ans belle comme une chatte mais qui avait l'esprit envolé et qui s'était fait engrosser par un bourgeois qui ne pensait pas qu'un aussi joli cul pût cacher des conséquences aussi fâcheuses qu'un nourrisson de quelques mois qu'il faudrait nourrir, endormir et torcher. À défaut de mère, l'enfant avait bien le droit à deux tantes, lui qui ne demandait rien, et elle était partie, persuadée de revenir quelques mois plus tard, pour fêter la victoire avec ses amies de l'université et ceux de la cellule Charlemagne-Péralte, car Aristide était parti, enlevé du jour au lendemain par un hélicoptère américain. Cinq ans déjà... Elle n'aurait jamais cru que son absence serait si longue. Cinq ans et un deuxième enfant était né, parce que Nine était toujours aussi belle et que lorsqu'elle marchait dans les rues de Jacmel en disant des obscénités, les vieilles négresses s'offusquaient, mais les boucs, à leurs côtés, ne rêvaient que de presser entre leurs doigts les formes généreuses de la folle, seins, fesses, ils voulaient tout et Nine consentait, persuadée que le monde était amour, et les enfants naissaient, Thérèse et Lucine les récupéraient, oubliant leur vie, leur désir. Aristide était tombé, oui, mais elle aussi. La vie, sous ses pieds, s'était dérobée. Il n'y avait pas eu de fête. Les gangs de Cité-Soleil avaient mis le feu à la ville, plongeant les rues dans la terreur. Tout avait dérapé, et pourtant elle se souvenait de l'ivresse des manifestations : avancer, entouré de milliers d'autres pour que les choses changent, crier, frapper des mains et faire trembler le pouvoir. Elle se souvient mais c'est comme si elle avait perdu malgré tout, cinq ans d'exil à torcher les enfants d'une gamine qui était sa sœur et venait se blottir dans ses bras lorsqu'un homme de Jacmel l'avait frappée pour bander un peu plus. Elle se souvient et retrouve tout, sa ville, là, à Portail Léogâne, dans le tumulte des carlingues chauffées par le soleil, les pales de l'hélicoptère qui emmène le dictateur, les slogans scandés par la foule, les grands boulevards que les manifestants remontaient en courant à petites foulées, cette impression de puissance, le deuil est loin à cet instant et elle ne pense plus à la raison qui lui a fait prendre ce car à l'aube et endurer ces longues heures de voyage, elle se souvient, les tirs au loin, parfois, et la certitude que quelque part, dans les rues de Martissant ou d'ailleurs, on traînait au sol un jeune étudiant qui se vidait de son sang pour le mettre à l'abri tout en sachant qu'il était déjà trop tard, elle se souvient, et c'est comme si la vie revenait en elle. La tête lui tourne. Cinq ans étaient passés. Elle a le droit au bonheur maintenant, le droit de jouir de la victoire, de prendre sa vie comme un fruit au creux de la main et de la savourer calmement. Elle a le droit, elle ose le formuler en ces termes en son esprit, malgré le deuil qu'elle porte et sa sœur Thérèse qui attend qu'elle rapporte l'argent qu'Armand Calé lui donnera si elle parvient à trouver les mots pour l'émouvoir. Alors elle ferme les yeux tandis que le camion redémarre derrière elle, petite silhouette immobile à laquelle personne ne fait attention. Elle ferme les yeux pour se remplir de tout ce chaos, pour laisser s'éloigner Jacmel, les après-midi interminables de marché où elle ne vendait rien, ou si peu, les phrases de Mam' Popo qui étaient toujours les mêmes et les sourires tristes de Nine lorsque les hommes lui avaient fait mal. Elle laisse le bruit de la foule l'envahir, tout recommence, oui, et elle sourit, à nouveau, elle, Lucine, de sa vie retrouvée.

Durant tout le trajet qui l'a mené des hauteurs de Fort-National à l'ancienne route de l'aéroport, le long de la mer, Firmin a parlé à son coq. Il n'a pas pesté contre les embouteillages lui qui d'ordinaire aurait sorti le bras par la fenêtre pour invectiver tel ou tel, avancer jusqu'à toucher le parechoc de la voiture de devant dans l'espoir de gagner quelques mètres... Il ne s'est plaint de rien, n'a même rien senti, ni la chaleur qui commence à frapper sur les carrosseries, ni le brouhaha des moteurs, rien. Il est ailleurs, regardant la cage en fer qui est à ses côtés, sur le fauteuil de devant, souriant parfois comme un père bienveillant ou invectivant la bête avec une voix de général qui passe en revue ses troupes. Il l'appelle par son nom, Téméraire, "Allez Téméraire", répète ce nom sans cesse comme s'il était important que la bête s'en imprègne, "Téméraire n'a peur de rien", il l'appelle guerrier, tueur, il lui parle de sa vivacité, de son endurance, je t'ai bien nourri, hein, guerrier, tu es rapide, et il pousse des cris de plaisir qui disent son impatience, Téméraire, tous les deux, on va leur montrer, tu es rapide, hein, tu es sans pitié... Les rues embouteillées, les ronds-points bloqués, tout cela ne compte plus, Firmin parle à sa bête et il sent que le coq a besoin de ses mots, jusqu'à la gaguère*.

* Arène des combats de coqs.

28

Sur la droite, un peu en contrebas de l'allée où il se trouve, quatre hommes vont et viennent avec des brouettes. Ils sont torse nu et ruissellent de sueur. "Qu'est-ce qu'ils font ?" demande Saul sachant que sa question est indiscrète mais voulant justement montrer qu'il a envie de l'être et qu'il se comportera ici comme ailleurs, en toute liberté. Le gardien répond, choisissant d'ignorer l'indiscrétion. "Monsieur fait construire un terrain de basket." Un sourire noir passe sur les lèvres de Saul. Un terrain de basket… Le propriétaire est un grand nègre. Il suit le championnat de la NBA, va régulièrement à Miami, import/export oblige. Il se construit un enclos aux couleurs de l'Amérique… Un terrain de basket… Il regarde les quatre gueux qui vont et viennent sur la dalle de bitume brûlante. Il les connaît ceux-là. Il vient de quitter leur quartier. Ils doivent venir de Jalousie, ce bidonville accroché à la pente où les familles s'entassent dans un labyrinthe de béton. Il les connaît. S'il leur demande combien ils gagnent, ils baisseront les yeux et ne répondront rien. Il y a une heure, avant de prendre son taxi moto pour monter jusqu'ici, il était au chevet d'une vieille dame du nom de Léonide qui se tordait de douleur chaque fois qu'elle devait uriner. Il était passé la voir parce que c'est la grand-mère d'une de ses élèves infirmières et qu'il avait promis. Jalousie, où les jeunes filles passent leur journée à descendre et monter pour se ravitailler en eau. Jalousie, où les ruelles sont si étroites qu'on n'y marche pas à deux de front. Jalousie. Un quartier comme une plaque d'urticaire en béton qui ronge la terre, la gratte et s'agrandit toujours. Il y fait chaud. On sue. Lors de la saison des pluies, les escaliers se transforment en torrent et alors, c'est pire que tout. Jalousie qui pisse et défèque le long de la pente et où les étrangers qui y pénètrent sont immédiatement scrutés par mille paires d'yeux d'enfants qui n'ont rien d'autre à faire. On lui avait serré la main avec respect. La vieille Léonide avait demandé à un gamin du quartier de le raccompagner pour qu'il ne se perde pas et tout le long de la descente on l'avait interpellé, "Hé, Lami docteur, ça va?", façon de lui dire qu'on savait qui il était, qu'on lui était reconnaissant de venir jusque-là et que si on osait, on aurait bien des choses à lui demander. Tous ces ventres qui se tordent. Toutes ces dents cariées. Tous ces dos tordus de travail. "Lami docteur!" On tousse trop. On n'a pas quarante ans qu'on est déjà usé. "Hé, Lami docteur!" et il était arrivé en bas, à Pétion-Ville, escorté de toute une petite troupe d'enfants qui l'avaient salué en riant. Le même peuple qu'à Cité-Soleil et Martissant, huit ans plus tôt, lorsqu'il était jeune et commençait ses études. Les mêmes femmes qui lancent des invitations obscènes ("Tu veux jouer à frotte-frotte avec moi?") en riant, mais qui sont timides lorsqu'on les ausculte. La même politesse profonde, respectueuse pour qui vient là et se soucie d'eux. Il a tout retrouvé. Il n'était pas retourné dans ces quartiers depuis si longtemps... Haïti est là. Le sourire d'Haïti. Celui qui n'a rien à offrir qu'un peu d'eau et l'hospitalité d'une chaise.

Lorsque Firmin arrive enfin à l'arène, lorsqu'il a garé sa voiture sur la bande de terre devant la porte de fer rouillée, payé son droit d'entrée et rejoint le coin des éleveurs, il observe avec calme les autres concurrents. Il n'est pas impressionné par la taille et la force des autres bêtes. Les adversaires ont tous amené trois ou quatre coqs. Il y a même un Dominicain qui traîne de groupe en groupe avec un sourire mauvais, mais non, il ne fait attention à rien de tout cela. Il sort Téméraire de sa cage, boit une gorgée d'eau froide et la recrache sur les plumes de la bête. Il faut lui durcir les chairs. Il lui crache sous les ailes en les déployant bien grandes, sur le cou aussi et sa main lisse les plumes avec attention. Il sent que la bête est prête, qu'elle a compris qu'il faut qu'elle soit comme une lame de couteau alors il fait ce que font les éleveurs qui sont prêts, il entre dans le cercle de terre, pour réclamer un adversaire, les yeux bien écarquillés, tenant son coq au creux du bras, et avec une voix forte de défi, il lance : "Je veux la gaguère!"

Saul est tiré de ses pensées par l'arrivée de la propriétaire, une femme d'une quarantaine d'années, mulâtresse, les cheveux lissés, maquillée comme une femme de magazine. "Docteur, je suis si contente, entrez, je vous prie…" Il sait qu'il va dire non. Il n'a pas besoin de plus. Ni de voir la malade, ni d'écouter les jérémiades de la mère. Il lui a suffi d'entendre le ton de sa voix, la façon qu'elle a eu de dire "docteur" alors qu'elle sait – elle ne peut pas l'ignorer – que ce titre est usurpé, la façon dont elle lui tend la main maintenant et lui sourit – essayant d'évaluer le choc qu'a pu faire sur lui le spectacle de cet immense jardin – persuadée qu'il ne peut que dire oui – ne serait-ce que par intérêt. Il sait qu'il va dire non, à cause des quatre ouvriers qui travaillent sur la dalle en béton, du championnat de la NBA, et des longs murs qui protègent du regard la richesse obscène de ces gens. Il va dire non. Elle a déjà commencé à parler, tout en le faisant entrer dans le salon qui domine la pente avec une vue imprenable sur Jalousie justement, là, en bas. À leurs pieds, la crasse et la sueur, qu'ils ne voient même plus lorsqu'ils regardent par la fenêtre, parce que leur regard porte plus loin, vers la mer. "Quelle jolie vue, n'est-ce pas?" et il se demande si elle est ironique mais il sent bien que non. Lui ne pourrait pas vivre ici, le regard sur la misère, il passerait son temps à scruter les ruelles de Jalousie. Quelle jolie vue, oui, il va dire non, à cause de la cystite de Léonide et des "Lami docteur" qui l'accompagnaient partout sur son chemin, mais la femme parle tout de même, de Miami, de la clinique Carlsson, de l'arrivée imminente de sa fille, elle lève les yeux au ciel en parlant de lubie, "Voir Haïti! Vous imaginez?… Dans son état… mais que voulez-vous, elle est condamnée, le Dr Brodosvki me l'a dit, alors pourquoi pas?… Elle a tellement insisté… Elle a parlé de racines, de savoir qui on est véritablement avant de mourir, vous comprenez? Elle est attachante, vous verrez, on ne peut que l'aimer ma Lily… Elle a son petit regard sur tout… Voir Haïti, je vous avoue que j'ai d'abord dit non, vous comprenez bien, pour quelqu'un qui doit vivre sous bulle, vous avouerez… Mais rien ne lui résiste à Lily!… Elle a insisté et puis quoi, au fond, elle a raison… C'est pour cela, vous voyez, que je veux l'entourer du mieux que je peux. Un médecin à ses côtés… Pour veiller à ce que tout aille bien. Ne vous en faites pas, il ne s'agit pas de sortir d'ici, juste le parc si elle insiste, mais vous avouerez que c'est assez grand pour faire une petite promenade… Et,

bien sûr, vous pourrez jouir des lieux lorsqu'elle dor-
mira… Auguste m'a dit le plus grand bien de vous,
mais je n'ai pas bien compris votre lien, vous êtes
de sa famille?… Oh pardon, voilà que je suis bien
indiscrète… Au fond, cela n'a pas d'importance, la
seule chose qui compte, c'est Lily et que vous soyez
là pour son bien… Ça ne durera pas, une semaine
ou deux tout au plus… Nous allons bien finir par
retourner à Miami… Mais ce sera bien payé, mon
mari verra cela avec vous…" Il ne répond pas, il va
dire non, et tant pis pour l'argent dont il a besoin,
l'argent qui lui permettrait de venir visiter plus souvent Léonide et les crasseux de Jalousie, il va dire
non malgré son frère Auguste qui lui a trouvé ce
"job" comme il dit et qui l'a supplié d'accepter. Il va
reprendre sa canne et marcher tranquillement vers
la grille d'entrée, en claudiquant doucement, et il se
retrouvera bientôt dans cette rue qui semble un couloir, à pied, avec une demi-heure de marche devant
lui pour atteindre Pétion-Ville, parce que la femme,
bien sûr, sidérée qu'on ait pu refuser son offre, ne
lui proposera pas son chauffeur pour redescendre.
Il sera là, au milieu de nulle part, dans la chaleur, et
la grille se refermera, il l'entendra peut-être pester,
outrée de l'impolitesse de cet homme qui ose dire
non sans raison, et il sera bien, soulagé. Il va dire
"Il y a un malentendu, madame… Je ne suis pas
médecin" et puisqu'elle le sait, elle va balayer l'argument d'un revers de la main comme si elle était
prête à lui passer ce petit défaut et elle lui soufflera
comme si c'était un secret qu'elle allait avoir l'élégance de garder pour elle, "À dire vrai, nous avons
plus besoin d'une sorte d'infirmier, vous voyez?…
Ou d'un homme de compagnie…" et comme il ne

répondra pas, elle ajoutera avec un air de confidence "Lily est très attachante… Vous allez l'adorer." Alors il faudra qu'il dise "Je ne travaille pas comme ça, madame" et elle deviendra muette, giflée par son insolence. Il devra se retenir pour ne pas sourire et ajouter qu'il ne travaille pas pour des sangsues, que les jeunes femmes de Jalousie qui font la pute à Pétion-Ville et sont pleines de MST valent mille fois sa Lily, que son parc magnifique est une verrue d'or dans un pays qui crève la faim. Il devra se retenir pour ne pas parler d'élite qui confisque les richesses et de la colère légitime du peuple qui finira bien par tout envoyer valdinguer. Il ne dira rien. Il se lèvera, reprendra sa canne et s'en ira. Et lorsqu'il se retrouvera seul devant le mur d'entrée, sur une route parfaitement silencieuse, pour la première fois depuis longtemps, il repensera à ces moments de joie qu'il a connus lors des grandes manifestations de 2004, lorsque le peuple entier réclamait la chute d'Aristide, la joie de ces moments où la politique se faisait, au jour le jour, de façon palpable et dense. On ne l'appelait pas "Lami docteur" à l'époque mais camarade Laraj et lorsqu'il passait dans les quartiers pauvres du bord de mer, les gamins le hélaient et il savait pourquoi il vivait. Où est passée cette joie ? Qu'est-il devenu depuis que cette canne lui sert à marcher et qu'il ne bouge plus de la rue Doyon dans le quartier de Caridad où il vit comme s'il attendait quelque chose qui ne vient pas ?…

Sur les gradins en béton, les deux cents hommes qui sont là regardent le combat sans passion. Firmin, lui, jubile. Téméraire saute, donne des coups d'ergot à son adversaire, "C'est bien… Crête Noire n'est pas un bon coq, cela se voit tout de suite. Il n'attaque pas, se contente de répondre aux coups. Téméraire n'en fera qu'une bouchée…", pense-t-il. Pourtant, il ne peut s'empêcher de scruter le visage de son adversaire, un éleveur du nom de Benito, et il voit bien qu'il n'a pas l'air inquiet. Il est silencieux, ne montre aucun signe de nervosité. Cela fait maintenant dix minutes que Téméraire donne des coups et que Crête Noire les rend avec difficulté. Et puis, d'un coup, le coq de Benito fait un saut vigoureux. Personne n'attendait plus de lui une telle vivacité. Il a déjà du sang sur les plumes du cou mais il a sauté comme un vrai guerrier et les hommes, sur les gradins, ont poussé un son sourd d'approbation comme si le public se réveillait d'un coup. Il le refait alors, sans que l'on sache d'où peut bien lui venir cette énergie. Firmin se pince les lèvres. Le public s'immobilise, concentré. La bête doit bien sentir que ces centaines d'yeux qui le laissaient mourir avec ennui il y a quelques secondes le scrutent maintenant avec attention. À chaque nouvelle attaque de Crête Noire, les spectateurs grondent pour accompagner le saut, comme s'ils voulaient pousser avec lui, trancher avec lui. Firmin serre les mâchoires. Le public vient de basculer. Il est maintenant contre eux. Cela ne fait rien. Téméraire passera outre.

L'air est chaud. Lily ouvre grands les yeux. Tous ces gens qui s'agitent autour d'elle… Il en a toujours été ainsi. Il a toujours fallu se mettre à plusieurs pour s'occuper d'elle. Pour la porter, l'aider à se lever, à s'habiller. Elle regarde les hommes qui saisissent une chaise roulante et la déplient au pied de la passerelle, les hommes qui remontent et la soulèvent, elle, à deux, les mains entrecroisées sous ses fesses, comme une chaise à porteurs. Ils suent. Elle le sent. Ils essaient de ne pas le montrer mais cela les gêne, ou les dégoûte. Ils font probablement cela pour la première fois en se disant que c'est une drôle d'idée de venir ici quand on est malade comme ça et qu'on habite Miami. Elle ne les regarde plus. Sa mère est en bas. Elle sourit. Elle fait des gestes de la main. Elle va se mettre à parler. Elle va l'inonder de questions : si elle a fait bon voyage, si elle ne se sent pas trop fatiguée, si elle veut boire quelque chose... Il y a un 4x4 sur la piste, moteur allumé. Ce doit être celui de ses parents. Papa a dû passer beaucoup de coups de fil et graisser la patte de beaucoup d'hommes pour que tout soit si facile. D'un petit geste de la main, elle comprime l'épaule de ses deux porteurs et murmure : "Attendez." Ils relèvent la tête, surpris. Elle ne veut pas arriver tout de suite sur le tarmac. Encore quelques secondes. Ils se sont immobilisés. Alors, elle regarde autour d'elle. Haïti. Qu'elle découvre pour la première fois. L'air est épais. Humide. Les baraques des bidonvilles qu'ils ont survolées de si près qu'elle a cru, en regardant le hublot, que c'était sur les toits qu'ils allaient se poser entourent la piste. Haïti, enfin.

Le grondement des hommes dans la gaguère devient obsédant. Ils saluent chaque nouveau coup porté. L'air est devenu plus dense. Quelque chose d'hypnotique a happé les hommes et l'arène vit comme un seul corps, suivant les mouvements de

Crête Noire, sautant avec lui, saignant avec lui. Firmin sait que quelque chose a changé. Téméraire est moins vif. Il saute moins haut. Pire, il a déjà reculé deux fois. Il titube presque par moments mais la foule ne le laisse pas, elle l'entoure de son appétit et scande chaque coup comme si c'était elle qui le portait. Firmin devrait se lever, se précipiter dans le cercle de terre, les bras en l'air, abandonner le combat et sauver son coq tant qu'il en est encore temps mais il ne le fait pas. Il est comme les autres, happé par Crête Noire qui continue de sauter, de frapper, dominant d'un coup non seulement son adversaire mais la foule entière qui le salue comme son maître.

Lily repense à Malcolm qu'elle a laissé dans la chambre de la clinique Carlsson, à Miami, à la beauté de son corps. Elle a regardé pendant des heures ses épaules, son dos, lorsqu'il dormait, tourné vers la fenêtre. Oui, elle le trouvait beau malgré les perfusions, les pansements, malgré l'odeur des couloirs, et les gémissements qui émanaient de lui, parfois. Malcolm. Il n'a pas tenu sa promesse. Un soir, il lui avait demandé ce qu'elle désirait le plus. La chambre était plongée dans le noir. Les infirmières étaient déjà passées pour la tournée du soir, tout était calme, alors elle avait osé. Elle avait répondu : qu'il lui fasse l'amour avant qu'elle ne meure. Elle lui avait demandé cela comme une faveur, une supplique. Elle sait qu'elle n'est pas belle. Que son corps a un teint de papier. Trop maigre. Trop pleine de médicaments. Mais à Malcolm, elle pouvait le demander. Et il avait dit "D'accord" dans un grand éclat de rire. Il riait encore, alors. Mais il n'a pas tenu parole. Lorsque les médecins ont dit qu'elle était condamnée, elle a réfléchi et elle a su que c'était Port-au-Prince qu'elle demanderait à sa mère – et d'une manière si forte qu'elle l'obtiendrait. S'il faut mourir, alors autant vivre un peu. Elle ne pouvait le dire qu'à Malcolm, ça. Le goût de tout qu'il y a en elle. De toucher. De sentir. De marcher. Sortir de cet hôpital. La rue. Le goût d'un autre ciel, de la touffeur. Sa mère ne peut pas comprendre. Elle demande chaque matin, avec une voix fausse : "Comment ça va ma chérie, aujourd'hui?", comme si cela pouvait aller différemment, comme si on ne savait pas que cela irait nécessairement de mal en pis. Elles ne parlent pas. Elle répond à ses questions mais sans rien dire. Sauf pour Haïti. Là oui, elle s'est battue. Elle a pleuré, expliqué, argumenté, pleuré à nouveau. Lorsque sa mère a fini par céder et prendre les billets, Malcolm lui a dit : "Tu es courageuse, Lily". Elle aurait pu pleurer. Non pas à cause du compliment. Mais parce qu'avec cette phrase, il montrait qu'il n'avait pas compris. Cela n'a rien à voir avec du courage. C'est de l'appétit. Elle a faim. Oui. Malgré les nausées qui commencent dès le matin et la faiblesse du corps, malgré les heures entières, parfois, dans un épais brouillard, elle a faim. Alors oui, Port-au-Prince, pour son appétit de jeune fille. Elle pensait que Malcolm se souviendrait de sa promesse et qu'il lui ferait l'amour avant son départ, malgré les perfusions. Juste une fois. Elle l'a imaginé mille fois cet instant. La délicatesse de chacun de ses gestes. Elle était certaine qu'elle aimerait tout de l'amour. Mais il a commencé à s'éloigner. La tête un peu retournée sur l'oreiller, les yeux mi-clos. Juste après qu'elle lui a annoncé son départ prochain et qu'il a répondu "Tu es une fille courageuse, Lily" il a eu une crise, comme il en avait eu d'autres auparavant – mais plus longue cette fois. Les infirmières sont entrées d'un pas pressé, le pas des cas préoccupants, le pas du danger. Il n'y a pas eu de petites phrases lancées dans la salle avec un ton de bonne humeur "Bonjour tout le monde!", juste la concentration, les gestes précis, et tout s'est accéléré. On a appelé le médecin, qui est venu une fois, puis deux et cela a fini à quatre ou cinq autour du lit, branchant de nouveaux appareils et la voix de l'infirmière-chef, "Monsieur Malcom!… Est-ce que vous m'entendez?…", et le jeune médecin qui finit par monter à califourchon sur le torse de son ami, le beau torse qu'elle a si souvent regardé et qu'elle était certaine de pouvoir parcourir des doigts un jour. C'est ce moment précis qu'ils ont choisi pour la transférer : "Il faut y aller mademoiselle, si vous ne voulez pas rater votre vol…" Deux infirmières l'ont sortie de la chambre et ont fait rouler le lit jusqu'à une autre pièce où on l'a habillée. Elle a quitté Malcolm ainsi, sans savoir s'il vivrait ou pas, sans savoir s'il avait demandé à son réveil si Lily était bien partie ou s'il était mort tandis qu'elle sortait de l'hôpital. Et maintenant, elle voudrait savoir. De façon pressante. Parce que c'est à lui qu'elle pense à cet instant. Avant que sa mère ne l'embrasse et ne lui demande avec une voix haut perchée "Comment ça va, ma chérie?", avant d'être reprise par les fauteuils, les perfusions, les médicaments, là, sur cette passerelle, avant de toucher enfin le sol d'Haïti, c'est à lui qu'elle pense, cet homme de quinze ans son aîné et dont elle ne connaissait presque rien mais à qui elle a tout dit. Elle demandera à sa mère d'appeler la clinique pour savoir, mais elle sait que si Malcolm est mort, elle ne le lui dira pas, pour ne pas l'accabler davantage, alors qu'elle veut juste, elle, que les choses soient dites, de façon franche. Si Malcolm est mort qu'on lui dise : Malcolm est mort et il ne te fera jamais l'amour. Elle s'appelle Lily. Elle a seize ans. Elle va mourir. Elle a faim de tout et voudrait qu'on lui fasse l'amour. Le reste est mensonge. Mais les deux hommes ont repris leur descente. Sa mère s'approche en ouvrant les bras. En une fraction de seconde, elle s'est composé un visage pour cacher l'anxiété qui l'a saisie en voyant le teint blême de sa fille, et elle lance : "Comment ça va, aujourd'hui, ma chérie ?"

Les spectateurs se dressent tous comme un seul homme, bras au ciel, hurlant leur joie. La musique rugit dans un tonnerre d'exclamations. Le coq de Firmin est à terre, secoué de petits tremblements nerveux. Déjà, les autres propriétaires se mettent d'accord sur le prochain combat... Lui essaie de rester droit malgré tous ceux qui le bousculent. Les vainqueurs veulent leur argent. Les autres sortent des liasses de gourdes pour parier. Il regarde fixement la dépouille de son coq – Téméraire. "Ce n'est pas possible, pense-t-il, il va se relever..." Mais non, le coq ne bouge pas, n'est plus qu'un petit paquet de plumes inertes. Benito a pris sa bête entre les mains, Crête Noire, et avec un sourire de gladiateur, la dresse au-dessus de sa tête dans la gaguère et la présente à la foule. Tous ceux qui ont gagné de l'argent grâce à son coup de bec l'acclament à nouveau et Benito semble galvanisé comme si c'était son propre corps qu'on acclamait. Le coq, dressé au-dessus de la foule, regarde les hommes comme un souverain. Firmin Jamay l'écraserait sous une pierre s'il pouvait. Ses yeux scrutent la bête lorsque Benito passe devant lui avec morgue et soudain, il reste bouche bée. "Il a des dents!...", murmure-t-il, mais le bruit de la foule couvre sa voix. "Il a des dents", répète-t-il plus fort en montrant le coq du bout des doigts. Personne ne fait attention à son geste. Des hommes qui lèvent les bras et crient des invectives, le hangar en est plein. Il en est sûr, pourtant : il a des dents. Oui. Cela explique tout. Téméraire n'avait aucune chance. Ce n'est pas un coq que Benito brandit, c'est un esprit. Firmin Jamay n'y tient plus, il bondit et traverse la gaguère. Quand il arrive sur Benito, il essaie d'attraper l'animal en hurlant à nouveau : "Il a des dents!" Benito a un mouvement de réflexe et baisse les bras si bien que Firmin n'attrape que quelques plumes qui lui restent dans les mains. La bête s'échappe de l'emprise de son propriétaire. Elle tombe à terre, immédiatement apeurée par la foule qui l'entoure, et se faufile entre cette forêt de jambes. Benito comprend que son vainqueur peut se faire marcher dessus à tout moment. Il jure, et part à la recherche de son coq en injuriant Firmin. Deux hommes ont vu la scène et poussent les épaules de Firmin, lui demandant pourquoi il a fait cela, lui intimant l'ordre de sortir. Firmin, à nouveau, essaie d'expliquer : "Ce n'est pas un coq!...", mais on ne l'écoute pas. On le ceinture. Benito est revenu. Il l'accuse d'être un mauvais perdant et veut le frapper. "Il a des dents!", réplique encore Firmin. La cohue est générale. Personne ne comprend ce qu'il dit. Les spectateurs du combat suivant voudraient que ça commence. On hurle aux deux adversaires de se pousser, d'aller régler leurs différends dehors, Foutez le camp, dehors, les corps s'échauffent, la température sous le toit en tôle est insupportable, l'odeur de sang se mêle à celle de la sueur, Dehors! Firmin Jamay est saisi violemment et on le pousse vers la porte. Une fois dehors, les deux molosses le font trébucher et le laissent là, à terre, avec mépris. Il reste un temps au sol, devant le hangar. Puis, il se relève lentement en tapant sur sa chemisette pour en faire tomber la poussière. Maudite journée. Il a perdu un coq et au moins quinze mille gourdes… Les esprits sont sur lui. Il le sait. Il l'a vu. Le coq l'a regardé comme s'il voulait lui arracher les yeux. Il jure en crachant par terre et se dirige vers sa voiture. Une fois dedans, il accroche au rétroviseur le petit ruban rouge qui dira aux passants qu'il est taxi, sort de sa boîte à gants une bouteille d'eau et se lave les mains, portière ouverte, penché au-dessus de la terre sèche dont il a encore le goût dans la bouche.

Lucine a décidé de marcher jusqu'au Champ-de-Mars. De là, elle prendra un taxi mais pour l'heure, elle veut voir si elle est capable de retrouver sa ville. Elle remonte la Grand-Rue et c'est toujours le même amoncellement de boutiques, de réparateurs de voitures, vendeurs de pièces détachées, paniers entiers de boulons qui côtoient des paniers remplis d'ananas, c'est toujours les mêmes poses fatiguées de prostituées qui prennent l'air sur une petite chaise en bois en lançant, presque par réflexe, une obscénité à chaque homme qui passe, histoire de voir si quand même, malgré la chaleur, il n'y aurait pas un client dans cette foule pressée, ça ferait un troisième dans la matinée, ce ne serait pas si mal, même si on devrait un peu se forcer parce que, pour tout dire, on mangerait bien un peu de riz, mais tout de même, si un de ces hommes s'arrêtait, on ferait un effort, mais rien, les hommes passent sans répondre, la journée sera mauvaise, on le sent, et les putes crachent par terre pour dire au jour qu'elles ont bien compris qu'il ne sera pas accommodant mais qu'elles lui survivront. Lucine marche, laissant les sons, les voix, les cris des marchandes, les klaxons de voiture la saouler, elle sait que bientôt, sur la route qui mène à Pétion-Ville, tout sera plus calme et elle veut s'emplir de Port-au-Prince. Elle marche, pleine de Nine, sa sœur au visage d'enfant, pleine du sourire étrange de Nine lorsqu'elle était revenue après son rapt. Car elle était revenue, contre toute attente, une semaine après son enlèvement par l'esprit, jour pour jour. On l'avait retrouvée devant la Maison Boucart, la robe maculée de terre et déchirée tout au long de la jambe gauche, jusqu'à la taille. Elle avait maigri. Ses traits étaient tirés, ses yeux cernés. Elle titubait – manquant, à chaque pas, de s'effondrer. Il fut quelqu'un pour la reconnaître juste avant qu'elle ne s'écroule à même le trottoir. On appela de l'aide. Trois jeunes hommes la portèrent avec prudence, ne sachant si elle était blessée, et l'emmenèrent vers la maison de la rue Alcius-Charmant. Lucine repense à la traversée de la ville. Ce corps qui devait sembler aux porteurs plus léger que celui d'un enfant. Ses membres, jambes égratignées aux mollets, bras meurtris de multiples petites incisions qui pendaient mollement. Et sur le visage, cet étrange sourire d'extase. Lorsque la petite troupe était arrivée devant la maison des sœurs, Thérèse ne put réprimer un cri. Lucine sortit avec son neveu et sa nièce et tous s'immobilisèrent de stupeur. Elle se souvient de tout. Et le brouhaha de la Grand-Rue l'aide à laisser les images repasser en son esprit. S'il n'y avait pas les putes et les marchands de boulons, peut-être s'arrêterait-elle pour pleurer. Elle se souvient de tout. On avait posé le corps de Nine à même le plancher. Thérèse avait couru à l'étage chercher des couvertures tandis que Lucine avait éloigné les enfants et avait essayé de calmer le petit Georges qui voulait à tout prix embrasser sa mère retrouvée. Les hommes s'étaient écartés pour laisser faire les deux sœurs. Ils s'éparpillèrent par petits groupes et on offrit aux porteurs une cigarette en leur tapant sur l'épaule. C'est alors que Nine rouvrit les yeux. Elle appela à elle ses enfants, d'une voix faible. Et lorsqu'elle les vit, elle leur fit signe de venir l'étreindre. Elle se redressa pour parvenir à les embrasser dans les cheveux, puis elle se tourna avec lenteur vers Thérèse et Lucine et murmura "C'était magnifique…" sans que l'on sache si elle parlait de cette courte vie qu'elle était sur le point de quitter ou de ces sept jours dans les collines dont personne ne saurait jamais rien et qui alimenteraient longtemps les conversations dans les familles du quartier. Elle dit "C'était magnifique…" et mourut. Thérèse mit deux mains sur sa bouche pour s'empêcher de crier devant les enfants. Il fallut écarter les petits, Georges surtout, qui voulait encore embrasser sa maman et qui s'accrochait aux restes de la robe maculée de boue. Puis, on fit appeler Tarot, l'employé de la morgue privée qui jouxtait l'église Saint-Philippe-et-Saint-Jean. Mais pendant toutes ces heures de longues discussions et d'attente, un sourire apaisé resta sur le visage de la défunte et c'est ainsi qu'elle fut enterrée, ivre de visions qu'elle n'avait partagées avec personne mais qui semblaient lui avoir fait toucher du doigt l'harmonie simple du monde. Lucine se souvient. Elle ne racontera rien de tout cela à Armand Calé. Elle gardera pour elle le sourire et l'extase dans les yeux de Nine. Elle dira juste que sa sœur est morte. C'est pour cela qu'elle est ici. Mais elle sait, elle, que c'est plus compliqué que cela. Elle le sait parce que cette phrase résonne à nouveau dans son esprit. Elle le sait parce qu'il lui arrive de penser que depuis le rapt de Nine, c'est elle, Lucine, qui est morte, chassée de sa vie, abandonnant ses désirs, ses espoirs, enchaînant les jours les uns après les autres avec application. Est-ce que ce n'est pas elle que l'esprit Ravage a regardé droit dans les yeux? Et cette phrase, que sa sœur a prononcée, "C'était magnifique", est-ce qu'elle pourrait la dire, elle? Qu'est-ce qui a été magnifique dans sa vie à elle? Est-ce que Nine n'a pas vécu davantage qu'elle? Elle pense à cela le long de la Grand-Rue jusqu'à ce qu'elle parvienne au Champ-de-Mars et trouve un taxi, et la phrase de Nine l'accompagne à chaque flaque de boue et d'immondice qu'elle enjambe, à chaque corps qui la bouscule, "C'était magnifique…" cette phrase qui lui semble interdite à elle, cette phrase qui a permis à Nine, la sœur bancale aux yeux d'enfant et aux seins lourds, d'entrer dans la mort sans peur, comme si tout cela n'existait pas, parce qu'elle savait, elle, des chemins cachés du monde qui lui permettraient toujours de revenir.

II

LA MAISON KÉNOL

"Vous allez au centre-ville?" Firmin lève la tête. Un grand homme d'une soixantaine d'années est devant lui. Il sort de la cour où a été construite la gaguère, et cela est étrange car il porte une veste, malgré la chaleur qui régnait là-bas. Pas de trace de sueur. Firmin Jamay bougonne que oui. Il claque la portière et démarre. Le grand homme s'est assis avec mollesse et ne dit rien. La voiture file sur la grande avenue qui longe le quartier Solidarité. Firmin retrouve son calme. Au bout de deux cents mètres, il charge deux femmes qui vont au Champ-de-Mars. Puis un jeune homme qui s'assoit devant, à ses côtés. C'est bien. Au moins travaille-t-il… Mais arrivé près de Bel-Air, il lance un petit regard dans le rétroviseur et s'immobilise. Le visage du grand homme en veste, là, découpé comme il l'est dans le rétroviseur : les yeux, le nez et la bouche… Il lui semble qu'il le reconnaît… Il regarde à nouveau. Il est comme hypnotisé par le visage du rétroviseur… Oui. C'est lui… Tout lui revient. Il a, soudainement, un goût âpre dans la bouche… Ses mains lui font mal. Il se souvient : le sang, les phalanges en sang, la mémoire de la douleur, physique. Il se souvient. La petite pièce exiguë. Avec une ampoule seulement. L'odeur d'urine. La chaleur étouffante. Ça sent l'homme dans toutes ses sécrétions. Ça sent l'étouffement et le crachat. Il se souvient. Il se met à trembler. Le jeune homme à ses côtés ne semble pas s'en apercevoir. Est-ce que c'est possible?... Que ce soit lui qui soit monté dans son taxi, sans le reconnaître?... Il jette encore un coup d'œil mais il n'ose pas regarder trop longtemps pour ne pas attirer l'attention. Il ne veut pas prendre le risque que l'autre cherche à son tour dans sa mémoire et retrouve, lui aussi, la petite pièce en sous-sol avec la serpillière par terre que personne ne changeait jamais et qui restait là, témoin des sangs versés dans tant d'agonie. Il a peur. Il sent sa tête tourner. Il roule vite. Il veut arriver le plus tôt possible rue Monseigneur-Guilloux. C'est là que l'homme à la veste descend et lorsqu'il le fait, lorsqu'il lui tend son billet, il le fait avec tant de douceur — une sorte d'apesanteur dans les gestes — que Firmin Jamay se dit que ce n'est pas un homme qu'il a transporté, que c'est pour cela qu'il ne suait pas, ne parlait pas, mais un esprit, lui aussi... Ils le cherchent. Cela ne fait plus aucun doute. Le coq. Le passager. Les esprits sont après lui et il va devoir être vigilant s'il ne veut pas être emmené avec eux et qu'on ne retrouve un beau jour de lui qu'une voiture arrêtée sur le bas-côté, portière ouverte, et une cigarette qui finit de se consumer à terre.

Lucine s'arrête un instant sous les arbres de la place Saint-Pierre, dans ce quartier cossu où elle vient — elle se le jure à elle-même — pour la dernière fois. Elle est montée en taxi et il lui a fallu une heure quinze pour atteindre Pétion-Ville. La file de voitures qui venaient de Port-au-Prince en passant par Canapé-Vert ne bougeait pas : une longue succession de carlingues qui scintillaient sous le soleil. Elle s'arrête sous l'ombre des arbres pour souffler et laisser la sueur de sa peau sécher. Elle se souvient de l'adresse. Rue des Cailles. Nine le disait avec tellement d'émerveillement. Parce que Pétion-Ville est un autre monde et que pour sa jeune sœur, avoir ce nom dans la bouche, "rue des Cailles", connaître un homme qui habitait là, c'était déjà faire un peu partie de ce monde. Elle marche vers la maison peinte en vert qu'elle a vue une fois, il y a cinq ans, lorsqu'il avait fallu aller chercher Nine, rue des Cailles, justement, elle se souvient de sa sœur en pleurs, la robe déchirée aux genoux, la foule pressée sur le trottoir, le visage consterné d'Armand Calé, la honte, l'embarras, cette jeune femme qui se roulait sur le trottoir en pleurant, sa femme à lui, hors d'elle, ébouriffée qui tapait de rage contre le mur, les yeux de tout le voisinage sur lui, ceux qui s'amusaient, ceux qui étaient scandalisés, et les mots de son épouse qui couvraient les pleurs de Nine, "Dis-lui de foutre le camp, à ta folle!… Dis-lui qu'ici, c'est chez moi… Dis-lui de retourner dans son quartier de merde!… Dis-lui…", et lui qui ne disait rien, parce que son monde s'écroulait, la respectabilité qu'il avait tant chérie, qui a besoin de secret, tout s'effondrait, "Dis-lui ou ne reviens plus jamais dans cette maison!", elle se souvient, elle avait dû relever sa sœur, si fragile à cet instant, si légère malgré la vie qu'elle portait dans son ventre et qu'elle était venue annoncer à Calé, naïve, pensant qu'il partagerait sa joie. Nine, qui n'avait pas réfléchi ou qui l'avait fait mais à sa façon, déraisonnée, étrange, et qui pensait peut-être que l'épouse Calé elle-même lui ouvrirait les bras, et que tout le monde vivrait sous le même toit. Nine, là, dégoulinant de pleurs, son monde fendu en deux, et la voix de la femme, comme une tempête, "Dis-lui qu'elle n'est rien… Que son mioche est un crasseux… Dis-lui!", et alors il avait fallu l'éloigner, de peur que la femme et ses amies ne se mettent à la frapper, et elle, Nine, à cet instant, encore pleine d'espoir, malgré la robe déchirée et le nez qui coule, regardant Armand Calé avec des yeux suppliants, ne comprenant pas qu'il ne fasse rien, qu'il tourne les talons et rentre chez lui, prêt à subir pendant deux heures la rage de sa femme puis pendant des jours son mutisme puis, pendant des mois, sa mauvaise humeur, jusqu'à ce qu'il soit plus penaud qu'un enfant et qu'elle puisse avoir le sentiment en le voyant baisser les yeux devant elle que même s'il l'a trompée, c'est elle qui a vaincu. Nine, brisée, qu'il avait fallu endormir le soir comme un enfant, en lui chantant une berceuse pour que les sanglots s'apaisent. Elle se souvient. Quelques jours après, prenant son courage à deux mains, bravant les vents hostiles de son mariage, Armand Calé était venu lui rendre une dernière visite, lui disant qu'il n'était pas de ces hommes qui n'assument rien, qu'il se soucierait de son enfant et qu'il fallait le prévenir si on avait besoin d'argent ou de toute autre chose, et là, Nine, à nouveau, les yeux baignés d'émotion, prête à l'embrasser. Il avait fallu la poigne froide de Thérèse pour remercier le visiteur et le raccompagner vers la sortie en lui disant qu'on le tiendrait au courant et le futur père était reparti soulagé, avec le sentiment qu'il était un gentilhomme et que toute cette affaire était réglée alors qu'elle ne faisait que commencer pour Thérèse et elle, Lucine, qui allaient devoir s'occuper de tout – mais qui s'en souciait? Quelques jours après cette visite, Thérèse avait tranché : il fallait retourner à Jacmel. L'enfant naîtrait là-bas. Le temps a passé. Et la petite est un être de vie qui chante et saute par-dessus les flaques d'eau. Lucine regarde la façade verte. Elle se sent soudainement prise d'une grande fatigue. Que doit-elle faire? Frapper à la porte? On lui demandera qui elle est. Que répondra-t-elle? La sœur de Nine… Nine, qui? Est-ce qu'elle expliquera, alors? Nine, la jeune maîtresse de M. Calé, Nine enceinte, vous vous souvenez? qui se roulait sur le trottoir… Elle peut demander à parler à M. Calé mais s'il n'est pas là?… Si c'est sa femme qui ouvre?… Elle réfléchit. Le temps semble passer lentement. Tout est moite et elle se sent lasse. Tant qu'elle ne dit rien, il n'est rien arrivé. Elle est venue pour annoncer la mort de Nine. Thérèse avait dit "Il doit savoir" et c'était façon de dire "Il doit nous aider". Elle s'était proposée pour être celle des deux qui ferait le voyage jusqu'ici, jusqu'à Port-au-Prince, jusqu'à la rue des Cailles. Elle est là maintenant et tant qu'elle ne dit rien, tant qu'elle ne frappe pas à la porte, ne demande pas à voir M. Calé, tant qu'elle ne prononce pas la phrase qu'elle a portée en elle durant toute la route dans ce car surpeuplé qui sentait l'essence et la peur des villageois lorsqu'ils approchent de la grande ville, cette phrase "Nine est morte" qu'elle est venue poser ici dans cette maison, aux pieds d'Armand Calé pour qu'il se baisse, la prenne et se souvienne de sa promesse, tant qu'elle ne dit rien, il n'est rien arrivé. Là-bas pourtant, les enfants n'ont plus de mère. Thérèse l'a dit : s'il veut montrer sa loyauté, c'est le moment.

Elle hésite. L'annonce de la mort, elle l'a en elle, sur le bout des lèvres, dans la tête. Elle en est remplie. La vie de ces gens, là, en face, de l'autre côté de la rue, va en être changée. La femme se remettra peut-être à hurler, à frapper des poings contre les murs, ou Armand Calé s'effondrera peut-être en larmes qui sait… À moins qu'il ne fasse rien, la chasse avec dégoût découvrant qui il est vraiment et l'indifférence dont il est capable… Ces gens sont à quelques minutes de savoir et pourtant, pour l'instant, rien ne change. Ils vont à leurs occupations, rient, se disputent, mangent, font des projets, sans savoir qu'une femme les regarde, là, depuis le trottoir d'en face, une femme qui est venue de loin avec une mauvaise nouvelle. "Nine est morte." Ressentira-t-il de la tristesse? Se souviendra-t-il de son corps magnifique, gracile, qui envoûtait les yeux des hommes? Elle se sent fatiguée. Tant qu'elle ne dit rien, Nine vit. Non, elle sait bien que c'est faux. Thérèse est là-bas, à Jacmel, et attend de savoir ce qu'il a dit, s'il a promis d'envoyer de l'argent, s'il a demandé à voir une photo de la petite. Elle ne doit pas parler du petit frère. Thérèse le lui a répété plusieurs fois. Ce serait lui offrir la possibilité de s'enfuir. Si les enfants sont deux, alors il n'est plus le seul concerné, alors cette gamine est peut-être un peu moins la sienne… Elle ne doit rien dire. Nine, folle du ciel et des hommes qui passent, scandaleuse dans son corps, qui ne sait pas ce que sont les enfants et qui se relève, après chaque accouchement, pour retrouver d'autres hommes… Elle ne dira rien. Elle le sait maintenant. Elle va partir. Pas un mot aujourd'hui. Elle ne frappera pas à la porte. Elle n'en a pas la force. Elle n'aurait pas dû venir le premier jour. Elle doit d'abord se retrouver, souffler. Elle reviendra plus tard. Elle les laisse aujourd'hui à leur vie, sans histoire du passé, sans choix à faire, sans cris. Nine sera morte demain… Ou après-demain… Qu'est-ce que cela change ?… Pour l'instant, ils ne s'en souviennent plus. Pour l'instant, il n'y a pas d'enfant à Jacmel et il lui semble que c'est mieux ainsi. Elle s'éloigne de la rue des Cailles, elle marche pour sa sœur, revoyant en son esprit son visage illuminé lorsqu'elle prononçait le nom de Pétion-Ville. Elle marche pour Nine, elle veut descendre jusqu'à Pacot, à pied, le long de la route, tant pis si cela prend une heure, Nine, le temps de la marche, et personne aujourd'hui ne prononcera son nom en crachant par terre, en la maudissant d'avoir ensorcelé son mari, personne ne sera triste ou accablé. Nine marche avec Lucine, il n'y a que cela. Que la rue des Cailles vive encore un jour, deux peut-être, dans l'immobilité vague du bonheur, elle est avec sa sœur, elle, le sourire enchanté de sa sœur qui rêve d'un monde qui n'existe pas.

— Promets-le-moi, Saul ?
— Je vais voir.
— Non. Promets-le-moi.

Pourquoi est-ce qu'il sait qu'il va dire oui ? Pourquoi est-ce que, face à son frère, il dit toujours oui ? Et l'autre le sait qui sourit déjà, sentant le moment de la capitulation proche. Auguste Kénol, avec sa chemise en lin bleu, sa paire de lunettes de soleil à la main, le corps droit et grand de ceux qui ont été choyés par leur mère, souriant d'avance à la victoire, Auguste Kénol qu'il aurait tout pour détester parce qu'il revient de Miami et va y repartir ce soir, parce qu'il est riche, parce que sa femme est une ombre qui sourit tout le temps sauf face à son personnel de maison, Auguste Kénol qu'il aime pourtant, sans savoir pourquoi.

— Allez, Saul!...

— D'accord, j'irai.

Auguste s'approche et, avec un sens de la mise en scène, l'enlace. Saul pense qu'il va pouvoir s'en aller mais il se trompe. Auguste a envie de parler. Il hèle sa femme qui est en train de donner des instructions inutiles à des domestiques fatigués. "Michelle?!..." Il a envie d'avoir un public. "Michelle?..." Elle tourne enfin la tête. "Tu sais ce que Saul a répondu à Mme Defranck?... Tu te souviens de ce boulot que je lui avais trouvé, grassement payé... Eh bien tu sais quoi? il a dit non!" Auguste est content de son effet, mais sa femme, là-bas, répond trop tôt, sans avoir visiblement remarqué la dérision de ses propos. "C'est dommage ça...", dit-elle presque machinalement, repensant déjà à ce qu'elle était en train de faire avant que son mari ne l'appelle. Auguste sourit en faisant un signe de la main comme s'il disait à Saul "Tu vois? Elle est de mon avis..." Puis il lui tape sur l'épaule et ajoute : "Tu sais, pour maman, ça ne te prendra pas plus de dix minutes..." Saul regarde cet homme et il sent qu'il l'aime. Oui, ils sont frères, malgré la vie qui devrait les opposer, malgré le fait que Saul est un petit bâtard, négligeable, alors qu'Auguste est le fils légitime de la famille, un vrai descendant et qu'il en a l'horripilante assurance. Ils sont frères, malgré les vieilles du quartier qui, lorsqu'ils étaient enfants et qu'elles voyaient Saul sortir de la maison l'appelaient Ti Ké', d'une moitié de nom parce que sa mère, la Douceline, était une boniche qui rinçait à grande eau le parquet de la terrasse de la maison familiale, à quatre pattes, sans se rendre compte que ses fesses faisaient chavirer le patriarche et que Raymond Kénol, tout notable qu'il était, honorable et respecté, allait bien finir par la trousser. Auguste aurait pu passer toute son enfance à s'acharner sur Saul, à le martyriser, l'humilier, lui, le fils de la boniche à quatre pattes, le fils de la ser-pillière et du crachat de tabac chiqué, mais non, il avait toujours considéré Saul comme son frère. Et c'est pour cela que Saul l'aimait. Il avait dit "frère" sans arrière-pensée, sans méfiance ni jalousie, esti-mant sûrement confusément qu'il y avait bien assez pour partager. Alors oui, il les avait aimés, lui et sa sœur, Émeline. Et maintenant, il a promis et s'en veut déjà. Viviane Kénol n'est pas sa mère. Et c'est la seule personne de la famille à qui il voue une réelle antipathie. Depuis la mort du patriarche Raymond, il y a quatre ans, il n'est plus retourné dans la maison de Pacot, cette belle maison gingerbread* entourée d'un vaste jardin, avec une grande terrasse en bois sur laquelle Douceline s'était tant affairée, suant dès les premières heures du matin. Viviane règne là-bas en souveraine. Elle est flanquée d'une domestique – Dame Petite – qui est quasiment du même âge qu'elle et a du mal à marcher. Toutes les deux dans cette immense maison – comme deux ombres d'un autre temps veillant sur le parfum des arbres. Il n'a pas envie de passer. Il va falloir saluer, essayer de l'ausculter et se faire rabrouer, finir par capituler et repartir avec le sentiment déplaisant d'avoir été mou-ché. Il n'a pas envie. Mais son frère rit, maintenant,

* Maison de style victorien (fin xixᵉ, début xxᵉ siècle).

soulagé d'avoir réussi à le convaincre et pressé de partir pour l'aéroport. Auguste Kénol, gentiment lâche et cherchant dans son affairement permanent la raison pour se soustraire à toute contrainte. Saul aurait dû détester cette famille. Du patriarche jusqu'à Dame Petite – mais il ne pouvait pas. Le père Kénol avec ses airs d'instituteur sévère l'avait formé. Et puis, il y avait Émeline et Auguste, frère et sœur sincères qui ne voyaient pas qu'ils étaient plus clairs que lui, que la mère Viviane le regardait de biais et quittait la pièce lorsqu'elle était depuis trop longtemps en sa présence. Et maintenant, il a dit "oui" et c'est comme si la vieille femme l'attendait là-bas, les sourcils froncés, cherchant un mot pour le remettre à sa place. Au fond, il sera toujours un peu le Ti Ké' – moitié d'enfant, bâtard de notable et fils de boniche, enfant toléré à condition qu'il soit brillant, Ti Ké', une insulte à la respectabilité de cette maison, une faute de goût, alors oui, il ne fait pas de doute qu'elle l'attend là-bas, le regard plissé, la lèvre molle, prête à le gifler de mots bien choisis pour qu'il ne pense pas que le temps ait attendri son vieux cœur de régente d'empire.

Comment a-t-il pu se perdre ainsi ? C'est ridicule… Il est chauffeur de taxi depuis vingt ans dans cette ville. Il n'y a pas une venelle qu'il ne connaisse, pas une montée qu'il n'ait empruntée. Il connaît tous les quartiers. Il sait où garer sa voiture, sous quel arbre avoir un peu d'ombre tout en restant visible, il sait quelle artère éviter en fonction de l'heure, et maintenant, il vient de tourner dans une rue étroite qu'il lui semble n'avoir jamais vue et il ne retrouve pas sa voiture. "Tu perds la tête, Firmin", se dit-il à lui-même. Son genou lui fait mal. Lorsqu'ils l'ont jeté à terre, devant le portail en fer de la gaguère, il a bien senti que les tendons se déchiraient mais plus il marche maintenant et plus il lui semble que le sang bat dans ses veines et tambourine. Son corps est vieux de partout, pense-t-il et il enrage parce qu'il sait que la douleur va l'accompagner longtemps. Il y repensera sans cesse à cette après-midi de défaite, au corps flasque de Téméraire, vulgaire sac de plumes maculé de sang, au regard fou de Crête Noire, il y pensera chaque fois qu'il se lèvera d'une chaise et que son genou fera mine de lâcher. Maudite journée… S'il avait eu trente ans, il les aurait tenus à distance, tous ces vauriens, et personne n'aurait osé porter la main sur lui sans rouler dans la poussière. S'il avait eu trente ans, il aurait saisi le coq de toute sa force, personne ne l'en aurait empêché, et il lui aurait rompu le cou d'un geste sec. "Vieux tas de rouille", se dit-il à lui-même en trébuchant sur une pierre qu'il n'avait pas vue. Il s'arrête, met les mains sur ses hanches pour reprendre son souffle et contemple la rue devant lui. Il est bien obligé d'admettre qu'il n'a plus aucune idée de l'endroit où il se trouve. Il a garé sa voiture devant l'école Saint-Sauveur. Il a tourné pour aller à l'épicerie du Joyeux Seigneur et comme elle était fermée – ce qui est étrange car la grosse Véronique, d'habitude, est toujours ouverte… – il a poussé plus loin pour tourner à gauche dans la petite ruelle en descente. Il a acheté un peu de riz au marchand et il est remonté. C'est là qu'il a perdu le fil. Il ne peut pas être bien loin… La voiture doit être là, à cent mètres, mais il ne sait plus s'il doit tourner à gauche ou à droite… Il n'y a personne à qui demander autour de lui. Et il ne reconnaît rien. Maudite journée qui s'achève en lui jouant un dernier tour… Soudain, il s'arrête. Il lui a semblé entendre quelqu'un passer derrière lui. Il se retourne. Personne. Il ne voit pas distinctement ce qu'il y a un peu plus loin, sous les arbres – tas d'ordures, arbuste ou homme accroupi. Tout cela l'inquiète. Il tend à nouveau l'oreille. Il y a autour de lui comme des chuintements, des glissements de chats ou de lézards qui passeraient dans les feuilles. Quelque chose de vivant… Il a peur. Il presse à nouveau le pas, serre le poing. S'il faut se battre, il se battra. Tant pis pour son âge. Ils le renverseront à terre, le roueront de coups mais Firmin se battra comme il l'a toujours fait… À deux cents mètres, il distingue maintenant un carrefour. Un lampadaire tordu éclaire tristement un morceau de terre. Il n'y a rien ici. Où est-il?… Les bruits sur les bas-côtés continuent comme si ce qui vivait là avait décidé de l'accompagner. Il entend alors, dans le bruissement des feuilles, une voix. C'est un murmure à peine. Il est prêt à jurer qu'il a entendu quelqu'un parler. Il se retourne à nouveau et demande à la nuit : "Qui est là?" Sa voix tremble un peu. Il demande : "Que voulez-vous?…" Mais seul le silence lui répond. Alors il continue. Le carrefour est à vingt mètres mais quelque chose lui dit qu'il ne doit pas le traverser. Papa Legba* l'attend. Les esprits vont l'attraper par la manche, le tirer à eux, l'emmener dans l'ombre et il ne reviendra jamais. Il faut se méfier des car-refours. Tout se dérègle. Oui, c'est cela Firmin. Tu l'as vu, toi. Le coq avait des dents. Cet homme dans

* Figure centrale du vaudou.

ton taxi. Des ombres. Partout. Qui veulent te manger. Pour qu'on n'entende plus jamais parler de toi. Disparu là, dans cette fin de journée qui invente des rues, sur ce trottoir qui chuchote. Reste calme, Firmin, tu ne dois pas traverser le carrefour. C'est là qu'ils t'attendent… Et puis, d'un coup, le mur qui longe le trottoir semble parler, une voix court sur la pierre comme une vibration – il l'entend, il en est certain : "Matrak…" Il blêmit. Il est en sueur malgré la nuit. Matrak. Son vieux nom prononcé à nouveau, jeté à sa face pour qu'il ne puisse plus se cacher.

Lucine s'arrête devant le portail en fer forgé de la maison de Pacot. La porte est entrouverte et on aperçoit le petit chemin en gravier et la haute végétation. Ici, rien n'a changé. Pour le reste de la ville, cinq années se sont écoulées, mais ici, tout est intact.

Elle pousse légèrement la porte rouillée et pénètre dans le parc. Le bruit de la rue s'éloigne déjà. Comme elle a aimé cet endroit. Elle avance doucement en prenant tout son temps. L'air doux qui règne ici la lave de la poussière de sa longue marche et du chaos des voitures. D'une sœur à l'autre. Elle laisse pour un temps le souvenir de Nine, sa sœur tordue, sa suppliciée du cœur qui ne savait pas comment faire avec les hommes, avec la vie, Nine de souffrance cherchant désespérément la jouissance – jusqu'à son dernier ravissement – "C'était magnifique", avait-elle dit avant de mourir, montrant que pour une fois, elle avait joui à la hauteur de ce qu'elle désirait –, elle la laisse là, à l'entrée, et elle convoque Émeline qui vivait dans ces lieux. C'est comme si elle allait surgir d'une minute à l'autre, avec son chemisier bleu foncé et son air frondeur. Émeline, belle de colère, qui régnait sur le petit groupe de filles qu'elles formaient alors parce qu'elle était la plus belle, la plus cultivée, parce que sa rage de changer la société dépassait de loin la leur, elle qui était née avec une cuillère en argent dans la bouche et qui aurait pu se contenter, toute sa vie, du calme mouvement des palmiers dansant sous le vent, mais qui s'était jetée dans la politique avec ivresse. Elles avaient fait partie de la cellule Charlemagne-Péralte avec les garçons de l'université et puis, Émeline avait dit qu'il était temps de créer leur propre cellule. C'est Émeline, encore, qui avait choisi le nom. La cellule Catherine-Flon, une cellule de filles, pour montrer qu'elles pouvaient, elles aussi, se battre. Lucine avait suivi. Elles l'avaient toutes suivie. Rien ne résistait à Émeline.

Elle s'attarde encore un peu dans le jardin mais elle sait que son amie ne surgira pas. Lui reviennent en mémoire, maintenant, les instants qui suivirent le drame, la nouvelle de la mort d'Émeline, les amies de la cellule se cherchant les unes les autres, atterrées, les mains tremblantes, jusqu'à trouver un camarade qui les emmène en voiture au parc de Martissant, au pied de l'habitation Leclerc. Le trajet dans un long silence. Et sur place, la découverte de ce corps supplicié, les hématomes sur les jambes, sur le ventre, les cheveux comme des touffes d'herbe sèche, et cette drôle de position, tordue, le visage dans les fourrés. Émeline qui n'était plus là, n'avait plus rien à voir avec cette dépouille, Émeline qu'elles ne verraient plus et dont elles ramassèrent le corps à défaut d'autre chose mais comme un objet sale presque, un peu dégoûtant tant il n'était pas à la hauteur de la personne qu'elles avaient aimée. "Dans une société de la survie permanente et de l'exploitation éhontée, la recherche du bonheur est un acte politique." Elle se souvient de sa voix qui jaillissait avec fraîcheur. "Nous ferons jouir nos corps et nos esprits car c'est ce qui est le plus subversif pour nos ennemis." Elle se souvient, Émeline, qui n'avait pas peur dans les grandes marches, qui chantait et criait, Émeline qui croquait le monde, "Nous voulons lire! Nous voulons réfléchir!" Émeline et les images atroces qui étaient passées dans ses yeux après, pendant des heures, en se rappelant les hématomes sur le corps, les coups que l'on imagine, le viol, la laideur de ces derniers instants pour une fille si belle. Elle sait maintenant pourquoi elle est venue ici dès le premier jour : pour saluer la vieille Viviane, la mère d'Émeline, qui les recevait toujours avec un clin d'œil d'amitié lorsqu'elles venaient faire leur réunion. Elle en désap-prouvait sûrement le contenu mais elle aimait bien voir ce petit groupe de six, huit filles qui rêvaient de s'affranchir de la bêtise des hommes. Elle voulait embrasser la mère, oui, et lui dire que sa fille était encore en son esprit, et pour longtemps. Mais il n'y a pas que cela. Elle est venue ici pour se souvenir des paroles d'Émeline, "le bonheur est politique", et les brandir avec force contre tout le reste : les pleurs de Nine recourbée sur le trottoir, les enfants dont il va falloir s'occuper alors qu'ils ne sont pas les siens, la pesanteur des jours, ce voyage à Port-au-Prince où elle n'est venue que pour chercher de l'argent. Elle appelle Émeline pour qu'elle l'aide à s'arracher de Jacmel. La maison gingerbread est devant elle, majes-tueuse. Le bois a vieilli. Cela fait longtemps qu'il n'a pas été lustré. La végétation a un peu mangé les allées mais tout est là, presque. Elle ne retournera pas à Jacmel. Elle le sait maintenant. Depuis qu'elle est montée dans le car, depuis même que Thérèse a dit qu'il fallait qu'une d'entre elles aille à Port-au-Prince et qu'elle s'est précipitée pour dire "Moi!", elle sait qu'elle ne reviendra pas. Elle va s'acquitter de sa mission. Elle parlera à Armand Calé. Elle fera tout pour qu'il envoie de l'argent à Thérèse mais elle ne reviendra pas. Elle a donné cinq années de sa vie à sa sœur. Cinq années à deux enfants qui ne sont pas nés d'elle. Elle sait que tout peut continuer ainsi, jusqu'au cercueil. Élever les petits. Devenir leur mère, presque. Et ne plus rien vouloir. Mais elle ne peut pas. Elle ne le fait pas glorieusement. Elle se sent lâche. Seule Émeline, peut-être, lui dirait qu'elle a raison. Que tout doit être fait pour se libérer du joug de la nécessité. Mais ce joug a un visage et c'est celui de deux enfants qui n'ont rien demandé et qu'elle aime. Alors oui, elle est lâche. Elle accepte la lâcheté. Elle est venue ici pour fuir Jacmel et retrouver sa vie d'avant. La cellule Catherine-Flon, les manifestations dans les rues devant le palais présidentiel, la joie de la foule et une vie nouvelle devant soi. Elle a tout perdu. Ce n'est pas juste. Ils avaient gagné pourtant. Mais ils ont assassiné Émeline et ils l'ont fait salement, la traînant dans la boue comme on le fait avec un porc que l'on veut égorger. Elle veut tout reprendre. Le bonheur. Pourquoi pas?

Elle monte les marches de la maison. Elle s'entend appeler : "Mam' Viviane?…", et une femme aux cheveux blancs finit par apparaître, un peu étonnée mais souriante déjà comme si elle avait compris qu'il allait être question de sa fille adorée, Mam' Viviane, portant un short en lin, élégante et racée, avec son petit chemisier blanc. Le temps, ici, n'a pas de prise. Elle s'entend dire : "Je suis Lucine… J'étais une amie chère d'Émeline…", et les bras de la vieille femme s'ouvrent avec évidence, heureuse qu'il soit encore en ce monde des gens pour prononcer le prénom qu'elle a murmuré avec ivresse dans les cheveux du bébé qu'elle berçait, puis qu'elle a sangloté sur une dépouille qu'on avait mis trente minutes à repeigner, heureuse de cette visite improbable qui vient enchanter le parc d'images du passé et Lucine sait alors qu'elle ne reviendra pas sur sa décision. Elle est venue de loin pour cet instant. Et lorsqu'elle se laisse enlacer par la vieille dame, elle prie pour que cette étreinte soit celle du bonheur devenu à nouveau possible.

Il a été surpris, lorsqu'il a monté les marches qui mènent à la terrasse de la maison de Pacot, d'entendre une voix de femme qu'il ne connaissait pas, jeune, et tout de suite après, le rire de Viviane. L'a-t-il jamais entendue rire ? Il n'en est pas certain. Il se dit alors qu'il est peut-être tombé sur un bon jour, que cette entrevue ne sera peut-être pas aussi pénible qu'il l'imaginait. Cela doit faire au moins trois ans qu'il n'a pas revu la vieille dame. Il apparaît sur la terrasse. Viviane est assise sur un fauteuil en bois peint en blanc. Une jeune femme est face à elle. Il ne voit d'elle que sa nuque et les cheveux remontés sur sa tête, tenus par une pince en acajou. Dès qu'il apparaît, la vieille Kénol lève la tête et plisse les yeux pour essayer d'identifier le visiteur. Pendant quelques secondes, son visage n'exprime que de l'attente. La jeune femme, comprenant que quelqu'un est apparu dans son dos, se retourne. Saul ne la regarde pas. Il vient de voir les traits de la vieille dame se transformer. Elle l'a reconnu et il y a de la mauvaise humeur sur son visage. La jeune femme est sur le point de se lever mais Viviane lui fait un signe de la main pour l'arrêter : "Restez assise… J'en ai pour cinq minutes." C'est elle qui se lève. Elle marche lentement mais très droite, sans lâcher des yeux Saul. Il s'est arrêté. D'un petit geste de la tête, il salue la jeune femme. Il a compris que la vieille ne voulait pas qu'il se joigne à elles. "Bonjour, Saul." La voix n'a pas changé. Elle est toujours ferme, sûre des ordres qu'elle donne. "Bonjour, Viviane. Comment allez-vous ?" Elle ne répond pas. Elle passe devant lui pour l'inviter à marcher de l'autre côté de la grande terrasse qui fait le tour de la maison. Elle ne veut pas que la jeune femme entende ce qu'ils ont à se dire. "C'est Auguste qui vous envoie ?" Elle donne la réponse dans sa question mais elle veut voir ce qu'il va lui dire. Saul la regarde calmement. Petit bout de femme qui s'est desséché avec le temps mais qui reste dur, bien campé sur ses pieds. Il ne va pas mentir. Il ne va pas lui dire qu'il est passé par hasard, juste pour la saluer… Cela fait bien longtemps qu'il n'a plus l'âge de cela. Ils ne se sont jamais aimés. Pour elle, il était l'affront toujours sous ses yeux, le fils de la boniche troussée à la va-vite, que le vieux Raymond n'avait pas voulu chasser. Elle l'avait demandé pourtant. Des Douceline, il y en avait des milliers à Port-au-Prince. Celle-là, avec son morveux de bâtard, pouvait bien aller laver les chemises d'un autre notable. Mais Raymond avait tenu. Et les enfants, Émeline et Auguste, s'étaient mis de la partie et avaient fini par adopter le nouveau venu. Il n'y avait qu'elle qui n'avait pas cédé. Elle avait accepté qu'il reste, mais on ne pouvait pas exiger d'elle qu'elle le traite comme un fils. Cela, il le comprenait. Il ne lui en avait jamais voulu de sa froideur. Il aurait même compris qu'elle le batte, le chasse, fasse tout pour lui nuire. Ce n'était pas cela qu'il détestait en elle. C'était la maîtresse de maison. L'argent. Le nom qu'elle portait, Kénol, comme une médaille à la boutonnière. "Oui, répond-il alors. Il m'a demandé de passer vous ausculter." Elle est sur le point de lui répondre que pour l'ausculter, encore faudrait-il qu'il soit un véritable médecin, mais elle ne le fait pas. Peut-être parce qu'elle vient de parler pendant une heure d'Émeline avec Lucine et elle sait qu'Émeline n'aurait pas aimé qu'elle soit méchante. Elle dit juste "Je vais bien, merci". Et Saul voit que c'est vrai. Le temps n'a pas de prise sur cette femme. Elle tient. Mangeant comme un moineau. Faisant tous les matins, à 5 h 30, des exercices sur sa terrasse. Elle tient. Il n'y a rien d'autre à ajouter. Elle ne le laissera pas l'ausculter et il n'insistera pas. Il a fait ce qu'Auguste lui avait demandé. Il va prendre congé et essayer juste de voir Dame Petite pour vérifier que tout va bien dans la maison, puis il s'en ira. Mais la vieille dame parle à nouveau. "Que faites-vous, Saul?" Il la regarde. Il hésite. Il n'est pas certain de savoir de quoi elle parle. "Que faites-vous?", répète-t-elle et il comprend, alors, qu'elle parle de ces trois années passées. Pas comme on prendrait des nouvelles, pas comme un qui demanderait à un ami perdu de vue "Qu'est-ce que tu deviens?", non, avec un air un peu navré, un reproche dans la voix. Il hésite. A-t-il vraiment envie d'avoir cette conversation avec elle? Qu'est-ce que cela peut lui faire, ce qu'il fait. Depuis quand s'en soucie-t-elle? "J'essaie d'être heureux." Elle reste muette, le visage impassible. Elle lui sait gré de n'avoir pas répondu par une pirouette, de ne pas avoir fait semblant de ne pas comprendre, mais elle ne croit pas en sa réponse. "Non, dit-elle, vous vous cachez, Saul, et puis, après un temps, elle ajoute, comme une gifle qui va suffire à désarçonner l'adversaire, les Kénol ne se cachent pas." Il reste d'abord bouche bée. Puis, il sent la colère monter en lui. Qu'est-ce qu'elle veut exactement ? Que les choses soient dites, enfin, une fois pour toutes ?... Que chacun vide son sac ?... Il serre les mâchoires. Elle le voit. Elle sait qu'il bout de rage. C'est bien. C'est ce qu'elle veut. Oui. Elle en a assez des fausses visites, des "Bonjour, Viviane", de la gêne dans les regards... Qu'il explose, très bien, elle en a vu d'autres... Et c'est ce qu'il fait, avec une voix froide, cinglante : "C'est peut-être parce que je n'en suis pas un, Viviane... vous vous souvenez ?" La vieille dame reste impassible. "Parce que vous avez refusé d'en être un, Saul." Elle a dit cela avec sa petite voix de vieillesse, sèche et ferme. Elle est plus forte que tout. Rien ne lui fait peur : ni les hommes, ni la mort qu'elle tient à distance par son seul regard, comme on le fait avec un chien à qui on crie "Couché !" et qu'on maintient dans l'immobilité par la seule force des yeux. Il se souvient de tout. Le vieux Raymond Kénol dans ses derniers jours. C'était après l'assassinat d'Émeline. Après cette nuit maudite où on l'avait bastonné comme un voleur, dans les rues de Bois-Verna, entre deux voitures, lorsqu'il était remonté de sa visite à La Saline*, c'était après sa jambe qui ne remarcherait plus jamais et la nécessité d'une canne pour toujours. Le vieux Kénol

* Quartier pauvre de Port-au-Prince où Aristide recrutait ses chimères.

avait pleuré comme un enfant sur le cercueil d'Émeline et tout le monde dans l'assemblée avait pu voir que le géant débonnaire, l'homme qui dînait avec le maire, les grands entrepreneurs du pays, celui que l'on venait voir pour obtenir audience auprès de certains ministres, venait de s'effondrer sous le choc du deuil. Tout le monde voyait qu'il allait mourir vite, doucement, parce qu'il n'y avait plus que cela qu'il voulait véritablement : s'éteindre. Il avait fait venir Saul, un jour, à son chevet et lui avait demandé s'il voulait être un Kénol. Comme cela. Il n'y avait personne d'autre dans la chambre et Saul avait toujours pensé que le vieux avait fait cela à l'insu de sa femme. Le savait-elle depuis le début ou l'avait-elle appris par la suite ? Il aurait peut-être dit oui s'il n'y avait pas eu la mort d'Émeline et la bastonnade à coups de barre de fer, sa jambe brisée en deux, son visage tuméfié pendant que sa sœur, à l'autre bout de la ville, était traînée dans un bosquet du parc de Martissant. Il aurait peut-être dit oui parce qu'il y avait le plaisir d'être frère d'Émeline et d'Auguste. Le vieux Kénol avait insisté. Il avait dit : "Réfléchis bien, Saul. Avec mon nom…" et il pensait à ce qu'il pourrait faire, jeune médecin, s'il se lançait dans la politique, avec le nom des Kénol. Mais il avait dit non. Saul ne se souvient pas s'il avait vraiment prononcé ce mot, "non", s'il avait juste fait un signe de la tête, ou s'il était sorti de la chambre sans réellement répondre. À moins qu'il n'ait argumenté, en parlant de Douceline, en disant qu'il ne pouvait pas, que cela serait une injure pour sa mère, ce qui était faux car Douceline aurait été la plus heureuse des femmes si son fils était devenu un Kénol et c'est peut-être, d'ailleurs, ce qui le faisait le plus enrager – "Vous avez pensé que ça se refusait, Saul, un nom comme cela?..." La vieille est calme. Elle tient sa proie et ne la lâchera pas. "Et que faites-vous maintenant?" Les souvenirs tournent en lui. Il voudrait s'en aller. Alors il répond bêtement : "Et que fait Auguste?" et il s'en veut, à peine la phrase prononcée. C'est une réponse d'enfant pris en faute, qui montre du doigt les camarades qui ont été assez rapides, eux, pour s'enfuir à temps. "Auguste fait de l'argent", dit la vieille Viviane. Elle sait qu'elle a gagné. Elle sait qu'il est abasourdi mais elle veut aller jusqu'au bout. "Vous, vous vous cachez", et elle répète encore "Les Kénol ne se cachent pas" comme si malgré tout ce qu'il pouvait dire, il en était un, malgré le "non" qu'il avait prononcé devant Raymond, malgré les trois années où il n'était pas revenu dans cette maison, elle ajoute encore : "... Ni derrière la peur, ni derrière leur blessure d'enfant." Et puis, comme un dernier coup sur le boxeur qui vacille déjà, elle lance : "Vous pouvez me laisser" et tourne les talons, le laissant descendre les marches en direction du portail sans plus rien réussir à sentir qu'un bourdonnement confus autour de lui.

"Monsieur Saul!... Monsieur Saul!... Il se retourne. Dame Petite lui court après. Elle est sortie dans la rue comme elle était, avec son tablier et une cuillère en bois qu'elle tient encore en main. Saul s'arrête. Cela lui semble étrange que la vieille gouvernante veuille lui parler. Dame Petite est l'ombre de Viviane. Elle ne parle pas, elle fait ce que la vieille propriétaire lui dit de faire. À moins que ce ne soit Viviane qui l'envoie. Pour s'excuser... Ou pour ajouter quelque chose… Il attend que la vieille servante arrive à lui. Elle a vieilli, visage fripé comme un papier chiffonné, bras courts, jambes gonflées par l'âge. Combien de temps pourra-t-elle encore aller et venir dans la propriété, en soulevant les poids que Viviane ne peut plus soulever, lavant, cuisinant, arrachant les mauvaises herbes sans jamais dire un mot, ou presque, vivant avec pour toute compagnie la voix de sa maîtresse. "Madame était une amie d'Émeline… Elle ne sait pas où dormir… Pourriez-vous?…" Elle n'a pas dit que c'était une demande de Viviane mais elle n'a pas besoin de le faire. C'est évident. Il lève les yeux. Derrière Dame Petite, à deux cents mètres, la jeune visiteuse avance, un peu gênée, ne sachant si elle doit s'approcher pour se présenter ou les laisser d'abord se parler. Saul la regarde. Il dit "Oui… Oui… Bien sûr" mais c'est davantage pour que Dame Petite cesse de parler et qu'il ait le temps de réfléchir. "Merci, Saul…" Elle a déjà tourné les talons, reprenant d'un petit trot concentré le chemin de ses fourneaux. La jeune femme approche, d'un pas hésitant. Elle porte une valise à la main. "Lucine", dit-elle en tendant la main. Il ne répond pas. Il est absorbé par ce visage. Quelque chose est là, devant lui, qu'il ne sait pas encore nommer. Il cherche. "Nous nous connaissons…" dit la jeune femme. C'est cela. Il cherche encore mais ne trouve pas. Alors la voix de Lucine reprend. "La cellule Charlemagne-Péralte… J'étais une amie d'Émeline." Bien sûr. Comment a-t-il pu ne pas la reconnaître? Est-ce si loin? Cinq ans… Il sourit, tend la main, murmure avec un peu de gêne que bien sûr, qu'il ne sait pas pourquoi… C'est à son tour à elle de le regarder. Elle prend tout son temps, en conservant sur les lèvres un sourire bienveillant. Elle le regarde et il sait ce qu'elle fait : elle note les rides sur le front, le corps qui s'est épaissi, cette jambe boiteuse, elle note l'usure et la fatigue, mais pas pour s'en moquer, plutôt pour essayer d'y lire la vie qu'il a menée, comme si elle voulait savoir ce qu'il avait fait pendant ces cinq années passées sans le lui demander. Il la laisse faire. Il aime ce regard sur lui. Elle ne juge pas. Elle parcourt du regard ses défaites sans oublier qu'elle a les siennes aussi, cinq années de Nine qui pleure les soirs où les hommes l'ont humiliée après l'avoir salie, cinq années à se demander pourquoi sa vie à elle, Lucine, s'est arrêtée et si elle parviendra jamais à la faire sienne à nouveau. Il la retrouve, progressivement. Lucine. Oui. Elle était là. Lors des grandes manifestations, chantant, criant. Elle était là, dans les réunions que sa sœur organisait et qui duraient toute la nuit. Elle l'a vu lorsqu'il était encore ce jeune étudiant en médecine, leader des mouvements de contestation, ce jeune homme dont on disait qu'il pourrait bien, un jour, devenir quelqu'un, parce qu'il avait déjà commencé à faire ses tournées à La Saline, à Cité-Soleil, pour être avec le peuple, lui parler, l'écouter, le soulager, sur les terres mêmes où le dictateur avait ses yeux et ses bras les plus fidèles. "Il faut reprendre le peuple à Aristide…, disait-il… pied à pied. Dans les quartiers pauvres." Et on voyait déjà le jeune médecin devenir un jour maire et pourquoi pas, président… Elle était là, la nuit où tout a vacillé, où sa sœur a été traînée près de l'habitation Leclerc pendant qu'on le frappait lui, à l'autre bout de la ville, entre deux voitures, elle faisait partie de ceux qui ont été prévenus le plus vite, qui ont pleuré, crié, espéré qu'il soit encore possible de la sauver... Il la regarde, Lucine, et sur son visage à elle aussi, il y a la profondeur de la défaite, mais des yeux joyeux encore. Elle porte la tête droite. Les épreuves de la vie l'ont forcée, l'ont enlevée à l'existence qu'elle avait espérée, mais elles ne lui ont pas fait baisser les yeux. Elle est là, devant lui, belle de toute sa vie de sueur, sans plainte, sa vie de courage et d'abnégation, et soudain, c'est comme si c'était lui qui avait peur de quelque chose. Elle est tellement belle, à cet instant, Lucine, de la lumière du passé filtré par les errances d'aujourd'hui, alors il dit oui, il prend la valise et l'emmène vers la ville basse où les marchands crient encore pour vendre les derniers poissons du jour.

III

CHEZ FESSOU

Le coq l'a réveillée aux premières heures du jour mais elle n'a pas bondi hors de son lit comme elle l'aurait fait à Jacmel, elle s'est laissé bercer par les premiers mouvements du monde. Depuis combien de temps n'a-t-elle pas dormi ainsi, sans être aux aguets, affranchie de l'urgence? Elle laisse le filet d'air frais glisser sur ses cuisses et lui caresser les paupières. Elle est bien dans cette chambre. La porte-fenêtre donne sur un petit jardin. De son lit, elle distingue les feuilles d'un palmier. Rien n'est grand ni luxueux mais elle a l'impression d'être loin de tout, dans un domaine immense qui la protège du reste du monde. Le coq chante à nouveau. Il est tout près. Elle ne pense à rien et cela l'étonne. D'ordinaire, elle se serait déjà tourmentée pour savoir combien de temps elle allait pouvoir rester ici. Elle se serait occupée de chercher un autre endroit, elle aurait couru à droite, à gauche, pour trouver un travail. Mais là, rien. Le temps s'étire. Elle est bien. Il lui semble qu'elle peut enfin se reposer de ces cinq années passées, de toute une vie, même, peut-être… Elle n'est pas retournée rue des Cailles. Pas encore. Qu'est-ce que cela change, au fond? Armand Calé ne l'attend pas. Personne ne l'attend. Il n'y a que Thérèse,

là-bas, à Jacmel, qui doit commencer à s'impatien-
ter. À moins qu'elle n'ait déjà compris que Lucine ne
reviendra pas, qu'elle s'est enfuie et que c'est sur elle
que va reposer la charge des deux enfants bâtards de
vie, elle, Thérèse sans homme, aînée des trois sœurs,
elle, Thérèse au dos déjà endolori par les gestes du
quotidien mille fois répétés. Lucine pense à sa sœur
et ne parvient pas à éprouver de honte. Elle sait
qu'elle doit retourner à Pétion-Ville pour annoncer à Calé la mort de Nine, et tant pis si sa femme
est là, tant pis si elle fait à nouveau un esclandre,
elle doit tout dire, c'est le moins qu'elle puisse faire
pour Thérèse. Mais elle sait aussi qu'elle n'aura pas
la force d'y aller aujourd'hui.

Quelqu'un frappe à la porte. Sans violence. Elle
n'entend le bruit que maintenant mais elle se demande si ça n'est pas cela qui l'a réveillée plutôt
que le coq. Quelqu'un frappe depuis longtemps,
sans impatience, sûr qu'on finira par lui ouvrir. Elle
bondit hors de son lit, enfile sa petite robe bleue
qui se boutonne devant, et court ouvrir. Au rez-de-
chaussée, à côté de la chambre qu'elle occupe et qui
donne sur l'arrière-cour transformée de façon chaotique en jardin, il y a une grande pièce. Tout y est
un peu suranné. Le ventilateur, au plafond, tourne
de guingois. Les fauteuils semblent avoir connu
l'occupation américaine*. Un bar a été construit
qui fut peut-être, à certaines époques, scintillant de
bouteilles d'alcool de tous les pays, mais sur lequel il
ne reste plus aujourd'hui que deux flacons de rhum
dont un à moitié vide et quelques verres sales. Le
sol est poussiéreux, la peinture au mur cloque et

* De 1915 à 1934.

s'effrite à plusieurs endroits. Pourtant, il règne ici un calme presque solennel. Comme si ce lieu avait connu tant d'illustres visiteurs, tant de moments mémorables, qu'il en restait pour toujours de la grandeur accrochée aux murs. Elle ouvre la porte. Elle s'attendait à voir Saul. La veille, lorsqu'il l'a installée dans cette maison en lui expliquant que le propriétaire – un dénommé Prophète Coicou – n'y était pas, il lui a dit qu'il repasserait dans la journée pour voir si tout allait bien. Mais ce n'est pas lui. Un petit monsieur à la moustache grise, au visage ridé, avec une casquette bleue rivée sur la tête, lui sourit avec des yeux rieurs.

— Vous êtes la nouvelle locataire de Fessou?

Elle fait oui de la tête.

— Saul m'a parlé de vous.

Elle dit bonjour, ne sait pas si elle doit tendre la main ou s'effacer pour inviter le visiteur à entrer. Il se présente avec une voix joyeuse, en brandissant une lettre.

— Facteur Sénèque.

Elle sourit. Elle va pour tendre la main et prendre la carte mais le vieil homme ne la lui donne pas.

— Il est là?

Elle ne sait pas de qui il parle.

— Le Vieux... Tess... Il est là?...

Elle dit non, explique le peu qu'elle sait, qu'il est à Cap-Haïtien mais doit rentrer dans la journée.

— C'est bien, dit immédiatement le vieil homme et il fait un clin d'œil de comploteur à Lucine en se mettant à parler à voix basse. J'ai reçu ça!

Il brandit à nouveau la lettre. Son visage est celui d'un enfant. Totalement exalté. Il jubile et ses yeux pétillent avec malice.

— Cela fait deux semaines, je l'avoue. Mais je me suis dit que c'était mieux de la garder pour ce soir. C'était une trop belle occasion. Le plus beau des cadeaux. Regardez…

Il plisse des yeux et parle encore plus bas.

— Ça vient d'Amérique. Je vous avoue que je n'en revenais pas moi-même. Pourtant, j'en ai entendu parler de Mary – mais à savoir si c'était vrai… Et là… Regardez… Michigan… Plus de doute possible. Vous imaginez?… Cinquante ans après…

Il la regarde, puis se tait et sourit.

— Vous n'avez aucune idée de ce dont je parle, n'est-ce pas?…

Elle sourit à son tour en acquiesçant d'un air un peu désolé.

— Fessou?… Mary?… L'établissement du Vieux Tess, tout ça, rien?… Non?… Vraiment?…

— Vraiment, répond-elle.

— Faites-moi un café, demoiselle, et je vous promets que le vieux Sénèque va tout vous raconter!…

Domitien Magloire, que ses amis appelaient Pabava en raison de son mutisme légendaire, se retourna pour la seconde fois dans la rue et sut qu'il était suivi. Cela faisait plusieurs jours qu'il avait repéré cette voiture de taxi qui stationnait près de chez lui. Au début, il n'y avait pas prêté attention mais au fur et à mesure qu'il la trouvait sur son chemin, sans jamais aucun client assis à l'arrière (comme si travailler n'était pas une nécessité), il sut que la voiture le suivait. Comme il voulait voir les traits du chauffeur, il avait choisi à dessein de descendre la rue Capois, toujours embouteillée, et lorsqu'il avait été bien certain que la voiture, derrière lui, était prise dans la longue ligne immobile de véhicules, il avait fait mine de s'apercevoir qu'il avait oublié quelque chose ou de changer d'avis sur sa destination et avait rebroussé chemin. En passant devant la voiture, il avait pris tout son temps et avait plongé le regard sur le conducteur, sans s'arrêter. Et maintenant, il avait peur. C'était incontrôlable. Il sentait ses jambes faibles. Il était parcouru de suées froides. La tête lui bourdonnait. Il avait peur. Pas de ce qui pouvait arriver – il était âgé maintenant, et si on lui avait dit que l'existence allait s'achever en ce jour, il en aurait pris son parti – non, c'était une peur du passé qui surgissait, vieille de quarante ans et qui le mordait avec la même acuité qu'un cauchemar d'enfant. Il revoyait cette cave, sans fenêtre, avec une serpillière au sol qui ne servait à rien, les murs humides de sang et de l'eau qu'on y jetait à grandes bassines. Il se souvenait de l'odeur des corps qui se vidaient et de l'odeur de cet homme, celui qui tenait le volant du véhicule à l'arrêt et faisait mine de regarder droit devant lui. Matrak. C'est ainsi qu'on l'appelait. "Tu ne veux pas que Matrak puisse se reposer, toi, hein ?… Tu veux qu'il frappe encore, hein ?…" La voix de Matrak était en lui, à nouveau, comme si la scène avait eu lieu la veille. L'odeur de sa sueur aussi, de son haleine lorsqu'il s'approchait tout près de son visage, juste avant la douleur aiguë de l'évanouissement. Matrak. C'était lui. Oui. Son corps l'avait reconnu. Le temps avait passé mais la peur qu'il ressentait lui disait avec certitude qu'il ne se trompait pas. Matrak était là.

Elle avait hésité lorsque la jeune femme à la peau blanche lui avait demandé "Comment t'appellent-ils dans ton quartier?" et puis, elle avait fini par répondre "Ti Sourire" et elles avaient ri ensemble. Ti Sourire. Cela lui plaisait. C'était un beau surnom. "Eh bien, Ti Sourire, je voudrais que tu m'aides à aller sur la terrasse…" Elle avait hésité parce que sa mère, la dame aux lunettes de soleil sur le front, qui marchait d'une pièce à l'autre avec un air pressé et qui l'avait accueillie avec un mélange étonnant de convivialité et de froideur, sa mère lui avait dit : "Elle ne doit pas sortir de sa chambre. Les toilettes, le salon tout au plus… Mais pas plus loin." Et elle avait expliqué qu'elle était faible, très faible, que, certains jours, elle ne se rendait pas compte de son propre état et qu'elle présumait de ses forces, qu'il fallait la protéger, et surtout d'elle-même, la chambre et rien d'autre… Ti Sourire avait répondu oui, tout impressionnée encore de la splendeur du parc qu'elle venait de traverser, toute honteuse aussi de sa propre crasse en un lieu si vaste, si beau, car elle était montée à pied depuis Jalousie et était arrivée en sueur – elle avait dit oui, n'en revenant pas qu'il puisse être des gens si riches –, M. Saul l'avait prévenue lorsqu'il lui avait parlé du travail : "Tu verras un monde que tu ne croyais pas possible", avait-il dit avec dégoût tandis qu'elle, elle avait tout de suite été émerveillée. Tout était si grand ici, les pièces, les meubles… Elle n'osait même pas marcher sur le carrelage, elle ne traversait pas les pièces mais préférait longer les murs, "Au moins, tu gagneras un peu d'argent…", avait-il ajouté, et elle avait été tellement étonnée par la splendeur du lieu qu'elle aurait même accepté de venir pour rien, mais non, elle ne devait pas, sa famille avait besoin de l'argent qu'elle allait gagner ici, on serait fière d'elle et il ne faudrait pas qu'elle oublie de remercier M. Saul. Ce travail est une aubaine, cela, elle l'a su dès que le portail du parc s'est ouvert… Mais maintenant, elle hésite, et pourtant, la jeune fille ("Si tu dois t'occuper de moi, a-t-elle dit lorsqu'elles se sont serré la main, il est hors de question que tu m'appelles Demoiselle, je m'appelle Lily!") a insisté, elle lui a parlé avec tant de franchise qu'elle n'a pas pu résister.

— Juste la terrasse.

— Mais Mme votre mère a dit…

— Est-ce que tu sais, Ti Sourire, où est-ce que j'ai passé les six derniers mois?

— Non, Mademoiselle.

— Lily.

— Pardon… Lily.

— À l'hôpital. Et c'est aussi là que je passerai les six prochains mois. Jusqu'à ce que mon corps se rende et que tout soit fini.

Elle lui avait parlé, alors, de sa vie de malade, de Malcolm, des heures, des jours à attendre que la mort arrive parce qu'on sait que les forces du corps ne viendront pas à bout du mal et que les médicaments ne sont là que pour soulager, pas pour soigner. Toute sa vie, avait-elle expliqué, le pas des infirmières en sabots dans les couloirs… Sauf ici, à Port-au-Prince. Le temps qu'elle passera dans cette ville, quelque chose d'autre est possible. Il sera toujours temps de retourner dans un hôpital pour y mourir à petit feu. Alors aujourd'hui, juste comme ça, la terrasse, quelques minutes… Et Ti Sourire avait dit oui.

Le facteur Sénèque regarde Lucine faire le café. Il n'a pas besoin de dire qu'il la trouve belle, dans ses gestes, dans sa mise, elle le sent. Mais il la contemple avec respect, sans avidité ni vulgarité. Il raconte que la maison où ils se trouvent s'appelle "Fessou". Qu'il y a encore, au-dessus de la porte d'entrée, les mots un peu effacés peints en vert. À l'origine, explique-t-il en rigolant, il y avait l'adjectif "Verte" accolé au nom mais une plante grimpante l'a caché au regard et pour les habitants du quartier le lieu n'a conservé de son nom que la première partie : "Chez Fessou." À moins que ce ne soit par pudeur, pour ne pas avoir à prononcer ce nom – *Fessou Verte* – qui disait trop explicitement ce qu'il était. Le Vieux a ouvert ce bordel dans les années 1960, parallèlement à ses activités politiques. Ce n'était pas un établissement comme les autres. N'y venait pas qui voulait. Ce n'était pas non plus un bordel pour riches. Le Vieux décidait seul de qui entrait ou pas et, aussi bizarre que cela puisse paraître, il avait toujours considéré son cloaque comme un lieu politique. Les classes sociales devaient s'y mélanger, discuter, se côtoyer. Les conversations devaient naître à tout moment et sur tous les sujets : l'amour, la société, la recherche du bonheur... le Vieux Tess – que ses amis appelaient ainsi parce qu'il avait bientôt quatre-vingts ans et qu'on le surnommait Vieux Testament bien qu'il ait toujours été communiste et ne soit jamais entré dans une église (à l'exception d'une fois, où il avait pris par le col le curé et l'avait sorti sur le parvis, puis rossé devant tout le monde parce qu'il avait entendu ce dernier parler à ses ouailles des péchés du peuple haïtien pour expliquer leur malheur, chose que le Vieux détestait plus que tout – "À les entendre, disait-il, les crève-la-faim devraient encore demander pardon de n'avoir rien"), le Vieux Tess, donc, voulait faire de son bordel un lieu de joie, d'échange et de formation. On disait de lui qu'il était franc-maçon, mais on disait aussi qu'il était logan*, on disait tout et cela le faisait sourire... Lucine écoutait en se délectant. Le facteur Sénèque mettait tant de malice à parler qu'on avait l'impression qu'il donnait à ses interlocuteurs un présent chaque fois qu'un mot sortait de sa bouche. Il répéta plusieurs fois qu'il y avait trop peu d'hommes comme le Vieux Tess sur cette île. Dans les années 1960, il avait eu une idée de génie qui fit la réputation de son établissement pendant des années : il avait recruté parmi ses filles une Américaine. Elle s'appelait Mary. Personne ne sut jamais où et comment il l'avait rencontrée. Le succès fut immense. Tous les Haïtiens de cette époque rêvaient de Mary. La posséder, l'avoir pour eux, c'était comme avoir pendant quelques minutes l'Amérique à leurs pieds. Pendant une heure ou deux, moyennant quelques gourdes, ils pouvaient se payer la revanche de l'opprimé sur l'oppresseur. Mais Mary quitta Fessou Verte à la fin des années 1960 et ne revint jamais. Elle ne s'était pas brouillée avec le Vieux. Elle avait simplement décidé de retourner dans les grands champs de blé de son Michigan natal. Tess ne fit rien pour l'en empêcher. Elle était venue librement et devait pouvoir repartir librement – laissant à jamais dans cette pièce un parfum enivrant de revanche politique.

— Et ça, dit le facteur Sénèque en brandissant la lettre, ça... ce sera une sacrée surprise qui va mettre

* Prêtre vaudou.

des étoiles dans les yeux du Vieux pendant des jours… croyez-moi !

Le vieil homme se leva, remercia pour le café, reprit sa sacoche et disparut. Lucine resta un temps sur le pas de la porte. Lorsque le facteur eut tourné le coin de la rue, elle regarda au-dessus d'elle, sur le mur, et découvrit effectivement les lettres qui formaient le mot "Fessou" à demi effacées. Tant d'hommes étaient rentrés ici. Tant de vies, de pleurs, d'histoires racontées, de verres bus, à la santé des filles, à la santé de la révolution, à la santé d'Haïti, tant de brouilles et de réconciliations et maintenant, il n'y avait plus que ce silence qui lui faisait du bien… Le temps avait déserté cet endroit. Il s'y était d'abord précipité avec ardeur, déposant mille clameurs, bris de verres, cris de jouissance, rires d'amis, larmes de filles usées par le dégoût de soi, le temps était passé ici, avec ces dictatures, ces rêves de liberté, ces complots murmurés et maintenant, il était définitivement parti et il ne restait plus que les murs et le Vieux Tess, plongés dans un calme étrange, avec simplement le coq de cette arrière-cour devenue jardin pour rappeler qu'il était encore des jours et des nuits et que le monde, au-dehors, courait toujours avec la même impatience.

Saul avait salué tout le monde mais il se retourna une dernière fois avant de franchir le mur d'enceinte et retrouver l'agitation de la rue Monseigneur-Guilloux. Dans la grande cour, les jeunes filles qui venaient d'assister à son cours pratique s'étaient regroupées par affinité et discutaient joyeusement. Elles étaient si jeunes… Des enfants presque, dans

leur uniforme bleu sombre, impeccablement repassé
– chemisier blanc, souliers vernis qui restaient imma-
culés malgré la poussière. Ne marchaient-elles pas
comme tout le monde? La poussière les évitait-elle?
"Tout recommence sans cesse", pensa-t-il. Il lui semblait que c'était hier qu'il avait – comme elles l'ont
maintenant – cet appétit de tout, ce désir d'être utile
au pays, de devenir infirmières pour soulager le
peuple haïtien dans les quartiers les plus pauvres. Il
regardait Ti Poulette, qu'il connaissait bien, son éclat
de rire aux dents blanches, l'ingéniosité de sa coiffe,
cheveux tirés, tressés, nattés, des heures longues de
travail, il la regardait prendre soin de la nouvelle,
Lagrace, arrivée du petit village de Pestel et qui
découvrait la confusion de Port-au-Prince avec des
yeux inquiets. Cette vie qui était en elles, depuis
combien de temps l'avait-elle quitté, lui? Il était si
vieux face à leur grâce... Il n'en éprouvait pas de
nostalgie, ne les enviait pas mais il voulait juste savoir
si cet éclat les quitterait à leur tour. Il espérait que
non. Elles étaient si belles. Dans deux ans, elles
seraient infirmières et partiraient conquérir le
monde. C'est pour ces jeunes filles qu'ils s'étaient
battus, eux, six ans plus tôt. Mais elles ne le savaient
pas. Tout s'oublie si vite... Lorsqu'il évoquait Aristide, il se rendait compte que les jeunes gens ne
savaient rien – ou pire, faisaient leur le discours vague-
ment nostalgique qu'ils entendaient à la maison. Il
fallait toujours tout recommencer. Mais aujourd'hui,
au lieu de l'accabler, cette certitude lui semblait belle.
Tout recommencer. Oui. Il avait envie. De revenir
demain. D'utiliser un cours sur le massage cardiaque
ou sur la prise de sang, pour parler à Lagrace et Ti
Poulette de la nécessité de rester vigilant sur les

libertés acquises, de l'exigence que le peuple doit avoir. Il savait très bien qu'elles l'écoutaient. Elles faisaient mine de hausser les épaules, de dire que tout ça, c'était du passé, mais elles écoutaient, parce que personne d'autre, chez elles ou parmi leurs amis, ne leur parlait ainsi. Pour la première fois, il avait envie de les accompagner pendant les deux années qui leur restaient encore et d'en former d'autres ensuite. La jeunesse d'Haïti. Elle était belle. Les mouvements brusques. L'élégance du port de tête. Les éclats de voix comme des pétards dans la foule. Et les grands yeux pour embrasser le monde, le comprendre, le changer, y trouver sa place. Elles viendraient ce soir, toutes les trois, dès que Ti Sourire aurait fini à Montagne-Noire. Elles avaient promis. Elles présenteraient Lagrace au Vieux Tess. Et si elles venaient, c'était bien parce que planter des aiguilles dans des avant-bras ou écouter les battements d'un cœur fatigué ne leur suffisait pas. Elles voulaient parler de la vie. De la liberté. "Les filles d'Émeline." C'est comme cela qu'il les appelait en son esprit. Des jeunes femmes franches et souriantes que rien n'effraie. Est-ce que le surgissement de Lucine dans sa vie était pour quelque chose dans ce changement d'humeur qu'il ressentait ? Depuis qu'ils s'étaient retrouvés, il était comme délivré d'un poids qui l'avait ralenti durant toutes ces années. Et pourtant, il n'avait pas dormi de la nuit. Tout avait ressurgi. Les souvenirs des manifestations. La violence de la ville après le départ d'Aristide. Il s'était souvenu de ces dernières visites à Cité-Soleil et La Saline. La guerre des gangs avait déjà commencé. On lui avait recommandé de ne plus y aller. Les quartiers étaient d'une violence inouïe. Il s'était souvenu des regards, de la tension, et la peur était revenue. La même. Comme si le temps n'avait rien changé. Lorsqu'il sortait d'une baraque en tôle, après avoir ausculté une vieille qui crachait du sang, les groupes de jeunes gens, venus se camper devant lui, sans rien dire, bras croisés, regard de défi, armes apparentes parfois. On lui avait dit de ne plus venir mais il ne voulait pas renoncer. Ils avaient chassé Aristide. Personne ne devait pouvoir leur voler leur victoire. Et pourtant, la ville était à feu et à sang. Il n'était plus question de soigner le peuple, de se pencher sur de vieilles Haïtiennes aux bronches encrassées, aux glaucomes, aux articulations rongées par l'épuisement, non, il n'était plus question que de blessés par balles et de menaces de mort. "Ti Ké' se prend pour le pré-sident ?" entendait-il parfois dans son dos. "Ti Ké' veut se faire élire dans les quartiers d'Aristide ?… Ti Ké' ne doit plus revenir…" Ils lui avaient dit une fois. Deux fois. Et il était venu une fois de trop. Une nuit, un peu moins d'un an après le départ d'Aris-tide, ils le tabassèrent et enlevèrent Émeline. Y a-t-il eu de la joie dans sa vie, depuis ce jour ?… Il cherche en regardant les jeunes filles de vingt ans qui pia-notent sur leur téléphone portable, mais ne trouve pas. C'est alors qu'il avait fui sa vie parce que tout lui faisait horreur : la violence qui avait fracassé sa sœur, sa peur à lui, sa faiblesse. Il s'était détesté pen-dant des jours d'avoir quitté le pays et fui à Cuba. Aujourd'hui, en quoi croyait-il ? Le souvenir de la peur, pendant toutes ces années, avait fait fondre le désir. Ti Ké' avait dit non à Raymond l'ancêtre. Il ne ferait plus de politique. Il était parti à La Havane en parlant d'études médicales à finir, de diplôme de spécialisation peut-être, mais tout cela était faux. Il avait fui. Deux ans. Et à son retour, il n'avait pas de diplôme et n'était toujours pas médecin. La vieille Viviane avait raison. Que faisait-il depuis? Il avait rencontré le Vieux Tess, Domitien Pabava, tout le petit groupe des amis de Fessou. Il avait bu. Beaucoup. Avec ou sans eux, trouvant refuge dans cette maison toujours ouverte, qui n'était plus un bordel depuis longtemps mais qui semblait toujours pleine des rumeurs des couples qui se firent et se défirent dans des soirées d'oubli. Il y avait dormi, souvent, assommé par l'alcool, plutôt que dans sa petite maison de la rue Doyon, à Caridad. Qu'avait-il fait? Est-ce que tout ce temps-là, ces cinq années passées, avait été le temps nécessaire pour panser ses plaies? Et aujourd'hui, Lucine était là, dans cette maison qu'il allait rejoindre maintenant, à quelques pâtés de l'école d'infirmières (ce qui avait toujours fait le ravissement du Vieux Tess qui se postait sur une chaise en bois le matin et contemplait avec un délice de philosophe le ballet d'uniformes et de longues jambes graciles qui se pressaient pour ne pas être en retard). Lucine était là qui le sortait d'un long renoncement. Est-ce que la peur était en train de le quitter, enfin?... Tout pouvait reprendre. Cela ne serait que cinq années perdues. Qu'est-ce que cela faisait? Il y avait ces jeunes filles à former, il y avait les quartiers à arpenter à nouveau. Il ferma doucement la porte du mur d'enceinte de l'école en saluant le gardien d'un geste de la tête. Il avait hâte de traverser la rue, de retrouver la terrasse en bois de chez Fessou où il se ferait un jus de citron frais. Hâte de revoir le visage de Lucine qu'il ne se lassait pas de contempler. Parce qu'elle était belle aussi d'une certaine fatigue qu'il connaissait. Parce qu'elle avait en elle un grand silence de nuit et des yeux encore capables de fracas. Il sentait qu'à ses côtés, la vie revenait, non pas l'agitation fébrile des jours, mais le sens profond et joyeux d'une existence que l'on veut construire. Il sentait qu'il avait envie d'être pour elle. Et que les cinq années passées seraient bientôt balayées si elle ouvrait ses bras pour qu'il pose son front sur sa poitrine, juste cela, laisser le monde bruire autour d'eux, et rester ainsi, ensemble, enlacés et silencieux.

Les gestes de Lily étaient lents. Un insecte qui s'éveille après des jours de gestation et se déploie pour la première fois. Ti Sourire avait essayé de dissimuler sa peine mais elle regardait le temps qu'il fallait à cette jeune fille du même âge qu'elle pour se tourner dans son lit, mettre les pieds à terre, hisser son propre corps, et elle bénissait cette force qui était en elle sans même qu'elle s'en aperçoive. Lily avançait lentement, mais la joie grandissait en elle. Elle sentait la faiblesse de ses jambes, elle savait qu'elle devait se méfier d'elles, de leur fragilité, mais chaque pas l'enivrait. Et lorsque Ti Sourire ouvrit la fenêtre de la baie vitrée et que l'air chaud, lourd, du dehors, la prit au visage, elle s'immobilisa, ferma les yeux, avec un sourire d'extase sur le visage. "Montre-moi", avait-elle dit alors avec une voix douce, pleine de gourmandise et Ti Sourire s'était penchée pour embrasser la vue du regard. Elle n'avait jamais vu la ville ainsi, d'un point si haut et il lui fallut quelques secondes pour reconnaître. Son quartier de Jalousie, vu d'ici, était un bloc dans lequel le regard n'arrivait pas à pénétrer. Puis, progressivement, ses yeux s'étaient fait un chemin dans les ruelles et alors elle avait pu montrer avec certitude à Lily : "Là. C'est chez moi." À quelques dizaines de mètres à peine, à leurs pieds, Jalousie continuait de vivre, harassée, cherchant de l'eau à la fontaine, se disputant, appelant les enfants qui traînaient autour d'un ballon mille fois crevé et mille fois recousu. Jalousie était là, à quelques mètres, dans sa crasse, ses odeurs de charbon de bois. La baie vitrée était si large que Lily semblait minuscule, comme sur le pont d'un navire. Elle regardait la vie, là-bas, qui suait, criait, se démenait et elle le faisait avec envie. Ti Sourire ne disait rien. Elle savait ce qu'elle offrait à la jeune malade. Elle voyait l'avidité de son regard. Et puis, d'un coup, elle vit les mains de Lily se crisper sur la rambarde. Ses jambes se dérobaient mais elle voulait tenir, non par crainte de tomber et de se faire mal, ni par crainte des cris que sa mère pousserait lorsqu'elle rentrerait et verrait le corps couvert d'hématomes, mais simplement pour que la vision dure, pour ne pas être arrachée à ce bonheur et sentir encore l'air chaud sur ses joues, voir encore Jalousie, parce que Ti Sourire ne lui avait pas encore montré sa maison, l'escalier par lequel elle passait chaque jour, parce qu'elle ne lui avait pas encore donné le nom des commerçants dont on apercevait les échoppes... Elle s'accrochait parce qu'elle voulait tout regarder, tout découvrir, jusqu'à la nausée. Elle voulait profiter de cette sensation de moiteur qu'elle ne connaissait pas car les lieux où elle vivait, partout, étaient aseptisés et à une température toujours égale. Elle s'accrochait jusqu'à se faire saigner les doigts, mais les jambes finirent par lâcher complètement et elle s'effondra. Ti Sourire se précipita sur elle, juste à temps pour la prendre dans ses bras et empêcher sa tête de heurter le sol. Elle l'enlaça, tremblante elle aussi de l'erreur qu'elle avait commise, et c'est à ce moment-là qu'elle entendit la voix de la mère, qui venait de rentrer, et qui, constatant que le lit était vide et suivant une sorte d'instinct animal s'était précipitée vers la terrasse juste à temps pour voir sa fille s'effondrer mollement dans les bras de cette jeune fille qu'elle venait d'employer pour la première fois et qui déjà n'écoutait pas les consignes, pourtant simples, qu'on lui avait données, les cris de la mère, qui annonçaient de longues minutes de tremblement où elle essaierait d'expliquer, de se justifier, puis de longues minutes où elle resterait au chevet de Lily, (si sa mère le lui permettait encore), priant pour que son état ne s'aggrave pas, puis de longues heures de pleurs, à la nuit tombée, lorsqu'elle reviendrait vers son quartier de misère sans avoir osé demander son argent, piteuse, oubliant même la promesse qu'elle avait faite à M. Saul de passer chez Fessou, essayant simplement de se souvenir de la vision de son quartier de crasse vu d'en haut, comme une termitière de béton, et y retournant, tête basse, pleurant de honte et de rage à la fois.

Domitien reprit sa marche, avec calme, réfléchissant à ce qu'il pouvait faire. Il poursuivit sa descente vers chez Fessou. Au bout d'un certain temps, la voiture réapparut derrière lui. Que voulait-il vraiment ?… Est-ce qu'il pensait que Pabava ne l'avait pas remarqué ? Est-ce qu'il était là pour le tuer ?… Lui rouler dessus ou finir à coups de poing ce qu'il avait fait avec tant de régularité, consciencieusement, quarante ans plus tôt, dans cette cave sans fenêtre ? Pourquoi ne le faisait-il pas maintenant ? Il n'y avait personne dans la rue. Il pouvait accélérer jusqu'à être à son niveau et tirer dans son dos s'il avait une arme ou même l'écraser comme un chien. Mais il ne faisait rien. Il le suivait, à vitesse d'homme, lentement, sans plus se soucier d'être discret ou non. La vérité, c'est que Matrak n'aurait pas su dire – si on le lui avait demandé – pourquoi il suivait cet homme au lieu de s'en éloigner le plus possible, de se perdre dans l'immensité de la ville en priant pour que leurs chemins ne se croisent plus jamais. Il le suivait parce que ce corps lent, vieilli, toujours habillé avec élégance – veston beige et pantalon de lin – l'hypnotisait et qu'il ne pouvait s'en défaire. Pabava le sentait. Petit à petit, la peur finit par le quitter. Il revoyait clairement en son esprit le jour de son arrestation, le groupe de tontons macoutes devant chez lui, riant, kalachnikovs dressées vers le ciel, barre de fer à la main ou coupe-coupe posé crânement sur l'épaule, et Matrak, au milieu de tous ces hommes, avec sa veste kaki, lunettes noires relevées sur le front, l'air goguenard, qui regardait ses hommes tirer Domitien hors de chez lui et sa fiancée aussi, Valentine, qui refusait de baisser les yeux et lui avait craché au visage. Il revoyait le groupe, alors qui s'était rué sur eux et les avait roués de coups dans la rue, devant les voisins cachés derrière leurs rideaux, tremblant à l'idée que les macoutes ne décident de frapper à toutes les portes, juste pour passer le temps et jouer avec quelques filles du quartier, il se souvenait aussi de leurs séances, "Tu ne veux pas laisser cinq minutes à Matrak pour qu'il souffle ?!…", le goût du sang dans la bouche, les lèvres ouvertes qui enflent, les yeux pochés qui ne laissent plus passer qu'un mince filet de lumière blanche, tranchante qui fait pleurer par son intensité, et la voix toujours joyeuse de Matrak, comme s'il s'adressait à un jeune chien fou qu'on essaie de dresser : "Tu veux la matraque, encore, hein?…" Ce sont les coups dont il se souvenait le moins, au fond, mais la voix, elle, restait intacte. Il marchait avec toujours plus de calme. Il venait de sentir – de comprendre – que le vieux Matrak, dans son taxi, n'allait pas sortir pour le tuer – sans quoi il l'aurait déjà fait. Il allait se contenter de le suivre, jusqu'au bout, parce qu'il ne pouvait pas faire autrement, ce n'était plus la voiture qui le suivait, c'était lui, Pabava, qui en faisait ce qu'il voulait, l'emmenait où il voulait… Alors il descendit toute la rue Cameau, sans plus se retourner, sûr que Matrak ne pouvait plus rien faire d'autre que le suivre et il l'emmena ainsi – lente procession du passé – jusque chez Fessou où l'attendaient ses amis. Ce n'était pas parce qu'il savait que le Vieux gardait toujours un calibre 45 chargé derrière le comptoir (héritage d'un passé de militant ou désir de pouvoir décider de sa propre fin… personne ne l'avait jamais su…). Ce n'était pas pour avoir le soutien de ceux qui l'attendaient là-bas, non, il n'allait probablement rien dire à personne, juste s'asseoir à la table de dominos et commencer sa partie – encore que ce n'était pas tout à fait vrai, il insisterait sûrement auprès de ses amis pour qu'ils viennent trinquer dehors, sur la terrasse, en face de là où se serait garé Matrak. C'est à cela qu'il l'amenait doucement. Il voulait que le vieux macoute, assis sur le siège défoncé de sa voiture, le voie ainsi, auréolé de bonheur, avec les siens, buvant, riant, et alors il répondrait à la question : "Tu veux que Matrak frappe encore?…", oui, car aucun coup finalement ne sera venu à bout de lui. "Tu ne veux pas que Matrak souffle un peu?…" Non, qu'il s'use les poings sur son visage et ses côtes, il n'empêchera rien, le bonheur est là, d'être libre, avec d'autres hommes libres, à cracher sur Duvalier haut et fort s'ils le veulent, à boire du rhum en chantant de vieilles chansons d'opposants, le bonheur d'avoir construit une vie, malgré la cave sans fenêtre, malgré le sourire goguenard et les lunettes noires sur le front, oui, c'est à cela qu'il l'amenait, car il savait que de l'autre côté de la rue, Matrak ne pourrait lever les yeux de ce spectacle et que ce bonheur le terrasserait et que c'était pour cela qu'il le suivait avec docilité, pour s'entendre dire "Tu es Matrak, je t'ai reconnu, tu n'as rien empêché. Je te balaie du revers de la main, car le bonheur, Matrak, regarde-le, il est là, aujourd'hui et c'est de mon côté. Tu peux mourir maintenant. En crachant d'une mauvaise pneumonie, ou pris par une fièvre qui te videra le ventre… Tu peux mourir. Je me suis vengé de toi car tu n'iras plus nulle part sans penser à moi, à ta défaite, aux souffrances qui t'attendent… La solitude de l'agonie, c'est cela qui t'attend, tandis que je ris, moi, regarde, je bois et je danserai jusqu'à ce que le soleil tombe dans la mer et bien après encore…"

IV

LE VIEUX TESTAMENT

"Où te caches-tu, Vieux Testament?" La voix qui criait à tue-tête avec le plaisir gouailleur de couvrir le bruit de la rue était celle de Jasmin Lajoie, grand colosse d'environ quarante ans, musclé, parfumé à l'eau de Cologne, la démarche assurée et le visage content. Il était flanqué d'une grande belle qui roucoulait à ses côtés dans une robe trop moulante pour être élégante. Il n'avait pas encore monté les trois marches qui menaient à la petite terrasse lorsqu'il vit arriver, sur sa gauche, en même temps que lui, son ami Pabava. Il poussa alors un autre grand cri : "La compagnie des débauchés est au complet!" La femme à ses côtés rit un peu bêtement tout en lançant quelques œillades aux alentours pour vérifier tout de même que personne ne s'outrait des propos de l'homme qu'elle accompagnait. Jasmin arriva à la première marche et s'arrêta pour attendre que Pabava le rejoigne. Ils étaient devant chez Fessou, au coin de la rue de la Réunion et de la rue Saint-Honoré, devant ce bâtiment particulier en bois peint de bleu, au toit pointu et aux fines colonnes extérieures qui avait dû être un entrepôt ou un grand hall de commerce avant que Prophète Coicou ne le rachète pour en faire son établissement. Lorsque Pabava fut au niveau de Jasmin, ce dernier lui fit l'accolade en murmurant, à voix basse – d'une voix chaude, tranquille, qui disait l'amitié et une intelligence de la sensibilité : "Domitien, mon ami…" La femme, à ses côtés, fut surprise de ce ton. Elle ne connaissait de Jasmin que sa voix de stentor, sa faconde, ses gestes trop larges, trop véhéments, ses blagues auxquelles on ne pouvait pas ne pas rire, non pas parce qu'elles étaient drôles mais parce qu'il y mettait tellement de lui en les racontant, vous les offrant avec tant de gourmandise, que ne pas rire aurait été comme de ne pas l'aimer lui, Jasmin Lajoie qui promenait sa silhouette sur la Grand-Rue comme un César en campagne. Tout le monde aimait Jasmin. Mais il n'y avait peut-être que les amis de Fessou qui le connaissaient réellement. C'est ce qu'aurait pu pressentir la femme qui l'accompagnait si elle avait été dotée d'intelligence, ce qu'elle aurait pu déduire du ton profond, vrai, sans fard, avec lequel Jasmin avait dit "Domitien, mon ami…" mais comme elle en était dépourvue, elle attendit patiemment que son cavalier la présente, tiqua un peu lorsque celui-ci dit : "Véronique, une amie…" (Qu'aurait-elle préféré? "Véronique, ma maîtresse?…", ou "Ma femme de ce soir?…") puis monta les marches en faisant rouler ses fesses pour montrer aux deux hommes qui la suivaient qu'elle était parfaitement en possession de ses charmes et qu'ils n'étaient pas les premiers à s'extasier devant ce que les jeunes gens de la Grand-Rue appelaient, en se tapant du coude, "un sacré beau châssis!"

— Mangecul! Hors de ma vue…

Un vieil homme venait d'ouvrir la porte de chez Fessou. Il était grand, les cheveux blancs et l'œil malicieux, une barbe bien taillée et des traits qui avaient dû être fins à une époque mais s'étaient empâtés au fil du temps et lui donnaient aujourd'hui des airs de vieux lion. Lorsqu'il se rendit compte qu'il avait devant lui une femme qu'il ne connaissait pas, il s'interrompit, sourit doucement, "… Pardonnez-moi, madame…", se présenta, "Prophète Coicou", et lui fit un baisemain qui impressionna beaucoup ladite Véronique pour qui jamais aucun homme n'avait eu autant d'égards. Puis, lorsqu'elle entra dans le salon de Fessou, il fit un clin d'œil à Jasmin et vint à son tour recevoir l'accolade du géant débonnaire. Les amis s'étreignirent et se complimentèrent sur leur bonne mine. Dans le capharnaüm de la rue – mélange étourdissant de petits vendeurs et de circulation, de cris et de klaxons – personne ne remarqua qu'une voiture de taxi s'était garée devant l'école d'infirmières, dans laquelle Matrak se tenait coi, scrutant les gestes de ces gens, sans envie, sans haine, simplement happé par leur joie comme devant un monde qu'il ne connaissait pas et ne pourrait jamais comprendre.

Dans la salle intérieure, les nouveaux arrivants retrouvèrent deux autres amis, déjà installés au bar en train de déguster un jus de citron pressé : le facteur Sénèque et un jeune homme qui baissait la tête et dont on voyait, dans les gestes, les hésitations, la timidité, qu'il n'était pas né avec la belle assurance qu'offre un milieu aisé. Il s'appelait Germain, mais aucun de ceux qui étaient présents et se considéraient pourtant comme ses amis n'utilisait ce nom (ils n'auraient même pas su de qui on parlait si on l'avait utilisé devant eux). Pour tous, il était Bourik Travay. Ses amis ne voulaient pas l'appeler Bourik, cela aurait été offensant, alors on l'appelait souvent du nom de Boutra. Le jeune homme avait à peine vingt-cinq ans. Il n'avait pas la corpulence de Jasmin mais il était capable de soulever n'importe quel poids. Il était infatigable. Les efforts quotidiens qu'il fournissait n'avaient laissé sur son corps que du muscle et une maigreur du petit peuple. Il travaillait partout. Sur le port où on avait besoin de lui lorsqu'il y avait un navire à charger ou décharger – mais cela n'arrivait plus si souvent. Dans la Grand-Rue lorsque les marchands voulaient transporter leur marchandise. Dans toutes les rues de Port-au-Prince, partout où il fallait livrer quelque chose. Bourik Travay travaillait depuis qu'il avait douze ans et rien ne semblait venir à bout de son endurance.

Le Vieux Tess fut le dernier à entrer dans la pièce. Il observa le petit groupe qui était sous ses yeux. Le vieux rêve de Fessou était là : des hommes de tout âge, de toute classe sociale, réunis en un établissement qui ne faisait aucune distinction entre les uns et les autres et offrait simplement à tous le temps du partage et de la conversation. Il y avait Pabava, le plus âgé de la bande après lui, le seul à avoir connu, comme lui, la dictature. Celle de Duvalier fils tandis que lui, Prophète Coicou, avait été une des figures de l'opposition au père. Ils partageaient le fait de s'être battus contre le même nom et d'avoir connu tous les deux la torture dans des caves où bien des leurs avaient agonisé. Le facteur Sénèque était de la même génération que Pabava mais il ne parlait jamais de ce qu'il avait fait durant la dictature si bien qu'aux yeux de Prophète, cela faisait de lui un jeunot. Puis venait Jasmin Lajoie qui parlait continuellement de partir à Miami mais ne le faisait jamais parce qu'au fond, il partageait avec ses amis une haine viscérale pour cette Amérique qui essayait de leur voler leur liberté – non pas avec les armes comme l'avaient fait, en leur temps, les Français – mais avec la brutalité de l'argent. Peut-être ne parlait-il de partir à Miami que pour faire naître un peu de lumière dans le regard des dames qu'il essayait de conquérir. Jasmin, que tout le monde appelait Mangecul, était en effet le seul à utiliser Fessou comme un bordel. "Vous n'imaginez pas l'effet que cela produit sur les dames lorsque je leur raconte ce qu'était Fessou dans le passé…" Lorsqu'il les laissait faire quelques pas dans le salon, il voyait le lieu prendre possession d'elles. Il n'y avait plus, ensuite, qu'à les faire monter dans la seule chambre libre du premier étage. Le Vieux tolérait cet usage. Cela lui semblait juste qu'au moins un membre de leur petit groupe fasse vivre la vieille identité du lieu. Jasmin Mangecul n'amenait jamais deux fois la même dame. C'était une sorte de règle. L'autre était qu'elles devaient toutes être mariées. Fessou abritait avec délice les amours adultères de Jasmin. Ses amoureuses d'un jour, les cris étouffés qui montaient parfois de la petite pièce, le bruit du lit qui tapait contre le mur ou les exhortations passionnées de certaines des invitées qui sentaient tout à coup le lieu entier les pénétrer, avec son histoire, sa mémoire, sa sensualité, rien de tout cela, jamais, n'avait troublé la moindre conversation entre les camarades restés dans le salon. Chez Fessou, on pouvait boire, on pouvait jouir, on pouvait tout se dire et s'engueuler, il n'y avait qu'une seule règle : parler au moins un peu de politique.

Comme il n'était pas question de commencer réellement la soirée sans Saul et comme l'ami Jasmin avait entrepris de faire visiter à la plantureuse Véronique la petite chambre du fond où se cachait l'âme subversive du lieu, Pabava proposa qu'on mette la table sur la terrasse et que l'on entame une partie de dominos. Il faisait encore chaud à l'extérieur. Les coqs chantaient au loin comme pour exhorter le soleil à se coucher plus vite. Pabava, le Vieux, Bourik Travay et le facteur Sénèque s'assirent et Boutra commença à perdre. Comme ils ne jouaient jamais d'argent ("Les Américains ont imposé leur tripot dans toute la Caraïbe pour faire avec nous ce qu'ils avaient déjà fait avec les Indiens : nous aliéner!", disait le Vieux en crachant par terre) chaque fois que quelqu'un perdait une partie, il devait se pincer l'avant-bras avec une pince à linge qu'il accrochait à sa peau et conservait jusqu'à la fin du jeu. Il n'était pas rare, après une heure ou deux, de voir le bras d'un joueur couvert de pinces à linge, se mordant les lèvres pour ne pas crier.

En face, le taxi de Matrak restait immobile. On aurait pu penser, à cet instant, que la voiture ne redémarrerait jamais plus, que la végétation finirait par s'emparer d'elle, que les cochons ou les chèvres y trouveraient refuge pour se cacher du soleil. Pabava le regarda du coin de l'œil et sourit, juste avant d'abattre son dernier domino. Il gagnait ce soir. Sur tout. Et les pinces à linge sur le bras de Bourik Travay n'étaient rien par rapport aux pincements violents que faisait chacun de ses éclats de rire au cœur du vieux Matrak, hypnotisé par ce bonheur simple qu'il avait sous les yeux et qu'il ne pourrait jamais connaître.

Lucine sortit de sa chambre et salua tous ceux qui avaient empli les lieux de leurs rires et de leurs conversations. Elle ne connaissait pas la plupart d'entre eux mais tous l'accueillirent avec chaleur, lui proposant un verre ou l'invitant à s'asseoir en leur compagnie. Elle regarda longtemps Prophète Coicou. Il était tel qu'elle l'avait imaginé. On voyait, sur son visage, dans l'éclat de ses yeux, dans la disposition même de ses rides, et la largeur un peu édentée de son sourire, que, de la vie, il avait tout voulu, avec appétit : la volupté, la fièvre, le combat et la camaraderie. Tout. "Que la vie soit joyeuse ou rude, disait-il souvent en plissant les yeux, mais qu'elle soit intense." Il avait dû savourer chaque instant et cela donnait à ses expressions une sorte de sagesse. Une vie pleine. Voilà ce qu'on voyait dans l'éclat de ses pupilles. Et pourtant, malgré ses quatre-vingts ans, ses deux jambes qui rechignaient de plus en plus à lui obéir, malgré les douleurs dans le dos et les raideurs à la nuque, il conservait une curiosité de tout. "Lucine…", dit-il simplement avec une voix douce, lorsqu'il la vit s'approcher. "Je suis content de vous rencontrer." Et cela suffisait à dire qu'elle était la bienvenue. À cet instant, Jasmin réapparut, accompagné de Véronique qui tentait, sans vraiment y parvenir, de remettre un peu d'ordre dans ses cheveux. Personne ne fit le moindre commentaire. Elle fut la seule à éprouver le besoin de parler pour tenter d'expliquer leur longue absence. Elle parla de la beauté des lieux, de l'âme qui régnait ici, elle dit qu'il faudrait faire rénover tout cela ou autre chose encore… mais personne n'écoutait et finalement elle comprit que personne n'attendait d'elle qu'elle parle, elle se tut et se contenta de boire un verre de rhum sour en jouissant de la douceur du moment.

Le facteur Sénèque se leva de la table à jouer pour aller comploter avec Jasmin. Il manquait un joueur. "Je peux?", demanda Lucine. Cela plut au Vieux qui la regarda avec un œil malicieux. Une fille qui avait envie de jouer aux dominos, c'était bon signe… Tous se resservirent à boire et trinquèrent à sa santé. Il n'y eut que Boutra qui ne la regarda pas dans les yeux, trop timide qu'il était. Au début, Lucine gagna. Avec une chance éhontée. Elle riait, comme pour remercier le sort. Elle tapait des mains, se levait parfois de sa chaise pour crier de joie. Les hommes, autour de la table, riaient de tant de vie. C'est à cet instant que Saul arriva dans la rue. Il s'arrêta d'aussi loin qu'il entendit son rire. Il ne se hâta pas de reprendre sa marche. Il regardait de loin. Lucine était là, au milieu de ses amis, lançant des incantations, maudissant le sort. Elle commençait à perdre et les pinces à linge, sur son avant-bras, se faisaient plus nombreuses. Elle ne le voyait pas, absorbée qu'elle était par le jeu, faisant des grimaces à ses adversaires lorsqu'elle gagnait, se mettant la tête dans les bras lorsqu'elle perdait, riant toujours, et beaucoup. Il avait hâte de se joindre à eux, de se rapprocher de leurs rires, de leur conversation. Il avait hâte d'être près d'elle mais il ne pouvait pas bouger. Le spectacle était si beau… Elle régnait sur le petit groupe d'amis comme si elle les connaissait depuis toujours, tapant dans les mains du Vieux avec lequel elle faisait équipe et faisant des pieds de nez en souriant à Bourik Travay pour le déconcentrer. Et puis, d'un coup, alors qu'elle s'était levée pour faire quelques pas de danse, elle le vit et se figea. Elle comprit qu'il était là depuis longtemps, qu'il avait pris son temps pour la regarder. Contrairement à ce qu'il pensait, la vision ne s'effaça pas, au contraire. Elle dura. Elle le regardait, immobile. Dans quelques secondes, les autres allaient lever la tête à leur tour et le voir. Ils l'appelleraient, le héleraient et il finirait par s'approcher. La fête, alors, pourrait commencer. Mais pour l'heure, elle était encore la seule à l'avoir vu et ils s'offraient chacun aux yeux de l'autre. Elle comprenait, là, dans cette seconde suspendue, que ce soir, tandis que les invités chanteraient pour la énième fois une vieille chanson de lutte, ils se frôleraient dans un coin de la grande pièce et que, sûrement, il passerait sa main autour de sa taille. Elle comprenait que cette soirée était un cadeau et qu'il fallait qu'ils saisissent cet instant. Dans la joie des rires et des verres dressés au ciel ("Pour les amis morts… Pour la vie…"), il y aurait aussi la nervosité de leurs deux corps. Elle voyait ses mains sur elle, parcourant son ventre, ses mains si longtemps attendues. Elle comprenait que cette soirée serait une de celles dont on se souvient toute sa vie, que l'on magnifie ensuite, pour laquelle on réinvente quelques détails mais qu'on n'oublie pas parce qu'elle marque le début d'une autre existence. Elle ne reviendrait jamais à Jacmel. Elle s'acquitterait le plus vite possible de cette tâche qui lui pesait tant : annoncer à Armand Calé la mort de Nine et elle reviendrait ici. Car seul comptait cet homme, Saul, qui allait bientôt avancer en boitant, ouvrant les bras à ses amis, distribuant discrètement à Prophète Coicou des boîtes de médicaments qu'il faisait venir de Miami par son frère pour que le Vieux ne s'empoisonne pas avec les pilules qu'on vendait à l'unité dans la Grand-Rue. Rien ne comptait que lui, qui ne la quitterait plus des yeux et l'embrasserait cette nuit, parce qu'elle le voulait, oui, un baiser de cet homme, dont elle savait qu'elle parviendrait à faire disparaître la fatigue parce qu'elle savait où en était la source, un baiser de cet homme parce qu'elle aimerait jusqu'à ses défauts. Elle le voulait, oui. Et que la nuit dure ainsi, jusqu'à ce qu'elle puisse l'attirer à elle, dans sa chambre, lorsque les amis se seraient lancés dans des discussions sérieuses, à voix plus basse, elle l'attirerait à elle parce qu'il ne pouvait en être autrement, elle le savait, là, en le contemplant, elle serait à Saul et il serait à Lucine, c'était un étrange cadeau de la vieille Viviane, Lucine-surgie-de-rien, et il bénissait, lui, cet instant, car il savait bien qu'ils sont rares dans une existence, que l'on peut même passer une vie entière sans en connaître un seul, il bénissait ses amis d'être là, et d'avoir fait une place à Lucine à la table des dominos. Elle était là pour lui et tout aurait un sens à nouveau – car ce qui lui avait manqué le plus durant toutes ces années, cela avait été la force et il la voyait maintenant, la force, dans cette femme qui le contemplait en souriant.

C'est cet instant que choisit Pabava pour se lever lentement de sa chaise. Il n'avait pas vu Saul. Il se tourna vers la voiture, garée sur le trottoir d'en face, leva ostensiblement son verre en direction du chauffeur, puis, se tournant vers le Vieux, il dit : "Au bonheur !" Lucine souriait, ne quittait plus des yeux celui qu'elle avait décidé d'appeler son homme. Saul avança, apparaissant enfin à la vue de tous, faisant redoubler les exclamations de la terrasse. C'était comme si le bonheur lui-même l'accueillait. On lui tapait sur les épaules, le complimentait de la bonne idée qu'il avait eue de faire venir chez

Fessou la si charmante Lucine. Pabava ne bougeait pas. Il savait ce qui allait se produire. La voiture de Matrak s'ébranla, fit un tour sur elle-même, passant à quelques mètres de la terrasse. Les deux hommes échangèrent un regard, ils se reconnurent pleinement. Matrak sortit alors son bras gauche par la vitre de la portière. Il avait une arme. Il ne la dirigea pas contre Pabava, il tira en l'air, deux coups secs, puis accéléra et disparut. La rue de la Réunion et la rue Saint-Honoré se figèrent quelques secondes. Les conversations s'interrompirent. Les commerçants sursautèrent. Pabava, lui, n'avait pas bougé. Il souriait. Il savait que ce n'était pas une menace et lorsque Jasmin s'approcha de lui, l'air effaré, en lui demandant ce qu'il s'était passé, il répondit simplement : "Rien. Les vieux ennemis capitulent." Et il sourit d'un sourire qu'il n'aurait pas cru lui-même possible. La peur avait changé de camp. Enfin. Quarante ans après. Et il lui restait à lui, Domitien Magloire, torturé pendant cinq longues semaines, à jouir d'une nuit qui ne finirait jamais, avec ses amis, heureux de voir le Vieux éclater de rire alors que son corps le lâchait de partout, heureux de voir Saul chercher des yeux cette fille si belle qui dansait lorsqu'elle gagnait aux dominos, et était revenue au bar se servir un verre en oubliant d'enlever les pinces à linge de la défaite sur ses avant-bras. Il y avait encore cette grande nuit, où ils allaient parler, rire, chercher ensemble pour la énième fois le sens de cette existence si brève, tandis que l'autre, Matrak, retournerait à sa nuit, comme une ombre qu'il était, avec les yeux morts de celui qui sait que, malgré les apparences, il a perdu et ne se relèvera jamais.

V

LA NUIT DE PESTEL

Dans la chambre, il posa sa main sur ses hanches.

— Saul, me regarderas-tu toujours ainsi, avec l'appétit sur les lèvres ?

— Oui, toujours.

La porte-fenêtre était entrouverte. Un peu de fraîcheur venait du dehors. De l'autre côté de la paroi, ils entendaient encore les voix sourdes de leurs amis.

— Sauras-tu toujours le nom que je porte ?

— Oui, et je le dirai partout où j'irai. Je n'aurai pas même besoin de le dire, il sera dans mes yeux.

Il lui passa le dos de la main sur la joue. Elle le regardait avec de grands yeux noirs comme si elle voulait photographier cet instant.

— Et toi, te lasseras-tu de mes jours boiteux, des insultes que je me lance à moi-même ?

— Non, je les traverserai avec toi.

Ils ne parlaient plus, prenaient un temps infini pour faire chaque geste.

— T'ennuieras-tu de mes projets avortés, de mes jours sans force ?

— Non, j'appliquerai mes mains sur tes joues, tes lèvres, tes yeux et la force reviendra.

Il l'enlaça à la taille, posa ses lèvres sur les siennes.

— Pour toujours, ta lumière sur la mienne ?

— Toujours.

— Pour toujours, tes mains qui comblent les vides de mon corps et étanchent ma soif?

— Toujours.

Ils se mangeaient avec avidité, se caressaient, glissaient l'un sur l'autre pour sentir leur peau.

— Éteins le monde pour moi.

— Je le fais.

— Plus rien n'existe que ta saveur et l'ivresse.

Le sang s'échauffait dans leurs veines. La sueur perlait sur leurs tempes. Il semblait à Saul que le monde avait un goût nouveau, pas celui – éternel depuis cinq ans – de l'alcool et des soirées de poussière, pas celui des regrets, du temps qu'on laisse filer parce qu'on ne sait qu'en faire, un goût nouveau de vie et il entendait un bruit sourd résonner sous ses pieds, dans les murs, en son esprit, comme un battement de cœur, c'était une pulsion lointaine, lente, mais qui ne cessait d'enfler, le monde qui renaît, et le parfum de ses cheveux à elle qui lui rentrait dans le corps, lui tournait la tête, Lucine, il voulait la saisir, la serrer, la mordre, se fondre en elle, Lucine, il voulait l'étreindre, n'être plus qu'un, ne plus rien entendre que son cœur et le va-et-vient de la jouissance, encore, il ne sentait plus la chaleur, il voulait être plus près, à l'unisson des mouvements de ses seins qui battaient avec vigueur, Lucine, elle s'ouvrait à tout, prenait tout, la sueur et ses lèvres, elle le sentait qui rentrait en elle toujours plus vite, il n'y avait plus de fatigue, elle prenait tout, elle aimait tout de cet homme, alors elle dit son nom, Saul, au moment de chavirer d'ivresse, elle le dit et c'était pour dire qu'elle était à lui. Il n'y avait plus rien d'autre. La vie serait peut-être faite d'épreuves et de fatigues, mais cela lui allait si c'était à ses côtés. La vie serait peut-être laborieuse mais cela lui allait si elle pouvait dire son nom. Ils étaient deux. La pièce, avec sa fraîcheur, les protégeait du monde. Saul. Elle laissa tomber son bras, et elle rit, de tant de vie retrouvée, elle rit doucement, les yeux sur lui, sur ce visage rude qu'elle avait décidé d'aimer. Et ce rire, plus qu'un mot, plus que toute chose que les hommes peuvent dire, scella leur union, dans la pénombre de cette chambre, avec leurs corps en sueur et le bruit des voix d'amis au loin.

— Il n'y a que l'instant! répétait avec véhémence le Vieux. Il tapait du plat de la main sur la table pour donner plus de force à ses mots. Que l'instant!

— Ça ne tient pas! rétorquait le facteur Sénèque qui n'en démordait pas.

— Ah non?

— Non.

— Crois-moi, Sénèque, le bonheur est dans l'instant et nulle part ailleurs. À mon âge, on le sait!

— Le Vieux a raison, dit Pabava avec placidité. Les Grecs le disaient déjà!

Mais le facteur ne se rendait pas.

— J'y croirais volontiers à vos histoires d'instants, s'il n'y avait pas la mémoire…

Les deux compères se turent, surpris par l'argument de leur ami. Le facteur se hâta de poursuivre.

— L'instant, d'accord. Si nous étions des êtres sans aucun souvenir, alors, oui. Va pour le bonheur comme une succession d'états de plaisir, de douceur. Mais il y a la mémoire, mes amis. Pourquoi sommes-nous dotés de mémoire si nous sommes voués à l'instant?

— Messieurs, je crois que notre ami marque un point, ponctua Jasmin avec un large sourire.

— Comment jouir de l'instant lorsque vous êtes traversé de regret, de nostalgie? Et inversement, ne vous est-il jamais arrivé d'être heureux à l'évocation d'un bonheur passé?

— Moi, ajouta Jasmin avec un air goguenard, ce que j'aime dans le plaisir de l'instant, c'est surtout le plaisir!…

Les amis rirent mais soudain, c'est la voix de Boutra qui se fit entendre. Tout le monde se tourna vers le jeune homme qui n'avait pas l'habitude de participer aux discussions.

— Je suis d'accord avec le facteur… L'instant, c'est bien beau mais qui peut vivre véritablement comme ça? On ne peut pas s'en empêcher, je veux dire, de construire, dans sa tête, des projets, des rêves, je veux dire, de se remémorer aussi… Le bonheur, le vrai, il est où? Toujours derrière ou toujours devant…

Saul et Lucine s'étaient joints à nouveau à leurs amis, mais ils restaient silencieux, près du bar.

— Faisons l'expérience, lança alors le facteur Sénèque avec un regard mutin dans les yeux. C'est l'heure des cadeaux, non?… Faisons l'expérience.

Le Vieux ne dit rien. Il sentit que quelque chose avait été préparé et se demandait ce dont il s'agissait.

— Le débat est entre l'instant et la mémoire, pas vrai? Il n'y a qu'à essayer…

Le Vieux comprenait que ses amis avaient tramé quelque chose pour fêter son anniversaire et qu'il allait au-devant de surprises qui risquaient fort de le désarçonner. Il se leva lentement, comme un roi qui accepte la sentence du peuple, et tapa dans la main du facteur.

— Soit, tope là…

Le facteur sortit alors de sa poche la lettre du Michigan. Tout le monde regardait le Vieux Tess. Saul s'était approché du cercle des amis. Lui aussi voulait voir ce que contenait cette enveloppe. Le Vieux la saisit avec lenteur – prudence, presque. Il semblait craindre de ne pas être assez fort pour supporter l'émotion qui allait le submerger. Il l'ouvrit doucement, en sortit la feuille qui y était pliée, l'ouvrit et une expression de surprise passa sur son visage. L'enveloppe ne contenait aucune lettre, juste une feuille blanche dans laquelle avait été glissée une petite photo en noir et blanc. Le Vieux Tess regarda longuement la photo, puis, sans dire un mot, il la tendit à ses amis. C'était Mary, lorsqu'elle avait une vingtaine d'années. Il était impossible de dire si le cliché avait été pris en Haïti ou en Amérique. La jeune femme avait les joues roses, des boucles blondes. Un peu joufflue, souriante, elle semblait heureuse de sa propre beauté. Rien d'autre n'accompagnait le cliché. Pas même une phrase griffonnée au dos de la photo. Alors tous les amis se posèrent les mêmes questions. Qu'est-ce que ce courrier signifiait? Est-ce que la vieille Mary, fouillant dans ses malles, avait retrouvé ce cliché et avait décidé de l'envoyer? Pourquoi? Était-il possible qu'elle se soit souvenue de l'anniversaire de Tess? Comment croire qu'elle puisse éprouver une quelconque nostalgie pour ces années lointaines de prostitution? Mais sinon, comment interpréter ce geste, adressé par-dessus quarante ans d'absence? Était-ce un adieu ou le désir de prendre des nouvelles? Et surtout pourquoi n'avoir rien écrit? À moins que ce ne soit comme une sorte de dernier geste avant de disparaître? À l'instant de quitter le monde, le désir d'embrasser toute sa vie – heureuse ou dure – et de saluer chacune des périodes qui la constituèrent? Personne n'osait rompre le silence. Le Vieux Tess, lui, gardait les yeux fermés, comme s'il voulait faire de la place aux absents. Et tous comprirent que c'était pour la laisser rentrer elle, Mary, parmi eux, dans cette pièce qu'elle avait connue si longtemps auparavant, pour qu'elle se joigne à eux et que le bonheur soit complet…

Le petit groupe fut finalement tiré de son silence mélancolique par des bruits sur la terrasse. On frappa à la porte et, l'instant d'après, trois jeunes femmes pénétrèrent dans la pièce, acclamées par le reste du groupe. C'étaient Ti Sourire, Lagrace et Ti Poulette, les trois élèves infirmières de l'école d'en face. La joie revint en un instant. Le Vieux Tess leva les bras au ciel, heureux comme un enfant. Ti Poulette et Ti Sourire venaient régulièrement chez Fessou. Juste pour les saluer, leur raconter leur journée, les faire rire et écouter en échange leurs discussions politiques ou leurs considérations sur les femmes. Elles apprenaient beaucoup dans cette pièce où la parole était libre. Jamais, dans leurs foyers, ou à l'école, les adultes n'avaient parlé avec tant de vérité. Les habitués de Fessou les interpellaient, les complimentaient sur leur coiffure, leur robe, mais jamais aucun d'eux ne s'était permis le moindre geste déplacé. Même Jasmin Mangecul se comportait en parfait gentleman devant elles, comme si, décidément, seules les femmes mariées pouvaient faire naître en lui un vrai désir. Elles venaient chez Fessou pour apporter un peu de jeunesse et se laisser célébrer. Ce soir-là, il y avait une nouvelle : Lagrace. Cela faisait plusieurs semaines que Ti Poulette parlait d'elle au Vieux Tess, lui promettant de l'amener, lui vantant sa beauté, son élégance féline. Le Vieux ne demandait rien d'autre. Offrir l'hospitalité aux jeunes filles de l'école d'infirmières, déposer sur la table des boissons qu'elles dégusteraient avec gourmandise, et pouvoir simplement les regarder. L'instant, oui. Ti Poulette lui avait dit que Lagrace venait de Pestel, petit village de pêcheurs situé près de Jérémie, et le Vieux Tess avait su d'emblée qu'elle serait plus belle que toutes les autres.

— Soyez la bienvenue, demoiselle Lagrace, dit-il et la jeune fille rit devant tant d'élégance. N'ayez pas peur. Ti Poulette a dû vous dire que nous n'étions pas des satyres !

Lagrace rit à nouveau, un peu gênée de se retrouver ainsi au centre des regards.

— Vous venez de Pestel ?

— Oui, monsieur.

— Ne m'appelez pas monsieur. Appelez-moi Tess.

— D'accord, Tess.

— C'est mon anniversaire aujourd'hui…

— Ti Poulette me l'a dit, oui…

— Et vous savez ce qui me ferait plaisir ?

— Non…

— Que vous vous asseyiez là, avec nous tous, que vous buviez un verre et que vous me parliez de Pestel… Juste cela. J'aimerais beaucoup vous entendre parler de Pestel.

Et Lagrace le fit. Elle se laissa servir un verre et tendre une chaise. Elle se laissa entourer et elle raconta, d'une voix hésitante d'abord, puis au fur et à mesure qu'elle sentait l'attention de son auditoire, avec de plus en plus d'assurance. Elle parla de Pestel, de la lumière du matin qui fait chanter les coqs et scintiller la mer. Elle parla de la baie des Garçons qui tient tout entière dans le regard, du pas lent des hommes qui ne se pressent jamais et du pas lent des animaux qui ne redoutent rien. Elle parla de l'immobilité de l'air, parfois, qui donne le sentiment que quelque chose s'est figé et que Pestel ne fait plus partie du monde. Le Vieux Tess avait fermé les yeux. Il ne connaissait pas Pestel mais, à cet instant, lui comme tous les autres, était dans le village, en train de contempler en silence l'île des Cayemites. Elle parla encore, des voix de femmes, au marché, qui semblaient résonner dans l'air du matin pour réveiller le jour, de la fraîcheur parfois, qui enveloppe le village avant que la nuit ne tombe et du vol chaotique des chauves-souris. Elle parla, puis, lorsqu'elle eut terminé, il y eut un long silence. Personne ne voulait dire un mot de plus. Les uns et les autres voulaient conserver le plus longtemps possible ces visions nées de leur esprit. Le Vieux Tess avait sur le visage une sérénité joyeuse. Il était empli de cette voix jeune et douce, du bruit des flots, des lèvres charnues de Lagrace qui parlait maintenant sans timidité. Il était bien.

VI

ET LA TERRE

Tout pouvait reprendre. Firmin venait de se garer sur la route de Martissant. Il était sorti de son vieux taxi au parechoc arrière affaissé. Il avait regardé la carrosserie couverte de mille petites entailles comme autant de cicatrices gardant la mémoire d'une vie entière d'embouteillages et d'accrochages. Il avait repensé à ces heures passées devant l'ancienne maison close Fessou Verte, ces heures d'hypnose où il s'était senti mourir, comme un insecte à qui l'araignée injecte son venin pour le paralyser. Il avait regardé ces hommes qui se saluaient, riaient, brandissaient leur verre et il s'était senti mourir, lui, dans l'habitacle poussiéreux de sa voiture. Un temps, il s'était dit que Domitien Magloire allait rester trois jours et trois nuits sur cette terrasse, et qu'il ne pourrait faire autrement que d'y rester lui aussi, à le contempler, sans sortir, sans boire, sans manger, et qu'il mourrait, là, dans sa voiture, les mains sur le volant, comme un tas de choses inutiles, mais il avait fini par réagir et il avait eu la force de démarrer en tirant ces deux coups de feu en l'air. Il se souvenait du regard de Magloire lorsque sa voiture l'avait dépassé. Il ne l'avait pas regardé avec peur. Il avait laissé glisser ses yeux sur lui, malgré les coups de feu, comme un torero laisse la bête s'effondrer à ses pieds, la caressant une dernière fois du regard au nom des vivants. C'était comme s'il l'avait gracié, du bout des lèvres, par un suprême dédain, ou comme s'il savait que, empoisonné de la sorte, Firmin Jamay ne pouvait aller bien loin. Il allait se traîner encore dans les rues de Port-au-Prince, espérant reprendre vie, et finirait par s'arrêter sur le bas-côté d'une route et râler, seul, comme un chat famélique, jusqu'à ce que plus rien ne l'entoure que l'odeur de sa propre mort. Et pourtant, tout pouvait reprendre. Il le sentait là, tandis qu'il descendait dans la petite venelle de La Cour-la-Joie qui menait à la mer. Il ne regardait pas où il posait ses pieds, malgré son âge et la faiblesse de ses jambes, malgré les détritus qui couvraient la rue, les cochons et les poules qui y régnaient en maîtres. Il avait le pas sûr. Il sentait ses forces revenir. Il n'irait plus jamais devant Fessou Verte. Il se tiendrait éloigné de cette rue, refuserait toutes les courses, même, qui pourraient le conduire dans le quartier. Port-au-Prince était une grande ville. Il pouvait continuer à travailler sans plus jamais croiser la route de cet homme. Et surtout, Lucien Bonadieu allait lui vendre un coq d'exception.

Tout au bout de La Cour-la-Joie, il se trouva face à la mer. Sur la berge, les enfants jouaient avec de l'eau jusqu'à la taille, dans des amas de bouteilles en plastique qui flottaient au rythme lent des vagues. Bonadieu allait l'emmener au fond de sa cour, là où il entreposait une vingtaine de grandes cages en grillage et lui montrerait cette bête superbe dont il lui parle depuis une semaine et tout pourrait reprendre. Dent Rouge. Lucien lui avait dit qu'il l'avait baptisé ainsi parce que, lorsqu'il combattait, on avait l'impression qu'il déchiquetait littéralement ses ennemis. Des dents. C'était bien. Les esprits allaient peut-être changer de camp. Dent Rouge. Il avait hâte de l'avoir dans les mains, de sentir son cœur de colère battre, son bec chercher à donner des coups. Il avait hâte. Il se représenterait au hangar, et devant Benito qui avait tué son Téméraire, il hurlerait la phrase de défi "Je veux la gaguère !", le combat commencerait et il gagnerait, cette fois. Les acclamations seraient pour lui. Il ne jetterait pas le moindre coup d'œil au vaincu. Il brandirait son coq à deux mains au-dessus de sa tête et les yeux, partout, seraient de fièvre. Il avait hâte, oui. Et lorsqu'il frappa à la porte de chez Lucien Bonadieu, en ce jour de janvier où le ciel était vaste et clément, il eut l'impression qu'il allait pouvoir cesser de trembler et que les vieux démons, s'ils continuaient à le traquer, se prosterneraient bientôt devant lui, visage au sol, fasciné par la fureur de Dent Rouge, et qu'il régnerait à nouveau, lui, Matrak, comme il avait régné des années auparavant, sur une foule de visages apeurés.

Tout pouvait reprendre, oui, elle le sentait. Elle avait quitté la maison de Fessou et avait décidé de n'y revenir que lorsqu'elle serait allée à Pétion-Ville et aurait annoncé à Armand Calé la mort de Nine. Elle avait la force de le faire aujourd'hui. Parce qu'elle savait que ce n'était qu'à ce prix qu'elle pourrait se consacrer, plus tard, à cette nouvelle vie qui l'attendait. Les années de Jacmel étaient achevées. Elle le sentait. Elle n'y retournerait plus. La peine qu'elle éprouvait en pensant à Thérèse – condamnée par son choix à une vie d'abnégation – ne faisait pas faiblir sa détermination. Ce qu'elle avait senti, dans la maison que ces hommes se partageaient avec une tranquille évidence, était ce qui ressemblait le plus au bonheur. Elle les avait regardés, les uns, les autres, se disputer joyeusement ou discuter avec un profond sérieux sur l'état du monde comme s'il était réellement en leur pouvoir de le changer et elle avait su que sa vie était ici. Avec cet homme : Saul. Rien ne méritait qu'elle ne s'autorise pas à essayer. Elle marchait au hasard du centre-ville en direction de Turgeau, sans itinéraire précis, sachant que d'une façon ou d'une autre, ses pas devraient la mener à Pétion-Ville, rue des Cailles, une fois et plus jamais. Elle marchait, heureuse de sentir qu'elle allait avoir la force de vivre à nouveau, observant les vendeurs de rue, les enfants, les écoliers qui passaient et tout, pour une fois, lui semblait juste et apaisé.

Tout pouvait reprendre. Avec Lucine à ses côtés, c'était certain. Il n'allait pas devenir l'homme qu'il avait renoncé à être quelques années plus tôt, non, il ne s'agissait pas de cela. Il ne serait pas le Kénol dont le vieux Raymond avait rêvé. Il ne reprendrait pas la politique, pas comme il l'avait fait avant la mort d'Émeline, battant campagne dans les quartiers, espérant se faire un nom. Il irait peut-être à nouveau à La Saline ou à Cité-Soleil, dans ces rues où les familles s'entassent sans autre destin que des enfants qui naissent encore et toujours, et des corps qui s'épuisent sans cesse davantage, mais il le ferait pour donner un sens aux choses, pour ne plus être en retrait du monde. Avec Lucine à ses côtés, et les amis de Fessou, tout pouvait reprendre. Et le monde changerait peut-être bien, dans certaines rues de

Port-au-Prince, parce qu'ils iraient s'y battre avec leur volonté d'hommes. Soigner et instruire. Est-ce que l'homme peut faire autre chose pour l'homme ? Il lui revint en mémoire la phrase écrite sous la statue d'Horatius Laventure, place Sainte-Anne, "J'ai travaillé toute ma vie à cautériser la plaie dangereuse de l'ignorance" et ces mots lui donnèrent envie de se battre. Soulager et transmettre. Pour le reste, il essaierait de jouir de chaque instant, comme il avait appris à le faire. Il se souriait à lui-même, savourant, pour la première fois depuis des années, l'impatience de vivre qui l'étreignait. Il était plein de cette force qui lui avait fait tant défaut durant les cinq années passées, cette force dont l'absence avait transformé son existence en une longue attente, l'attente de celle qui avait un nom maintenant, un nom qu'il se répétait en souriant, Lucine… Lucine…

Tout pouvait reprendre, en ce jour, pour chacun d'entre ceux qui allaient et venaient dans les rues de la ville et dont la vie, pour une raison ou une autre, s'était enlisée dans les difficultés. Chaque homme, chaque femme, espérait que cela s'améliore, que des solutions soient trouvées. Ils rêvaient à ce qu'ils allaient faire. Gagner un peu d'argent. Voir des amis. En ce jour, tout bruissait de la rumeur des hommes. On achetait, on vendait. On allait d'un point à un autre avec urgence ou mollesse. Des rendez-vous amoureux, des discussions politiques, des scènes de ménage, des pleurs d'enfants ou des courses-poursuites, les rues bruissaient de tout cela à la fois. Hier, comme aujourd'hui, les hommes vivaient. Hier comme aujourd'hui, pressés ou traînant des pieds, saluant un ami ou hélant un taxi. Hier comme aujourd'hui, le soleil, doucement, commençait à décliner et la chaleur était moins forte.

Personne n'avait remarqué que les oiseaux s'étaient tus, que les poules, inquiètes, s'étaient figées de peur. Personne n'avait remarqué que le monde animal tendait l'oreille, tandis que les hommes, eux, continuaient à vivre.

Mais d'un coup, sans que rien ne l'annonce, d'un coup, la terre, subitement, refusa d'être terre, immobile, et se mit à bouger...

Durant trente-cinq secondes qui sont trente-cinq années...

... À danser, la terre...

... À trembler.

Ce n'est d'abord qu'un grondement, l'oscillation anormale des murs. Les hommes regardent les plafonds sans comprendre. Que se passe-t-il?... Qui peut mettre un nom sur cela? Les bouches s'ouvrent grandes, les yeux aussi. Ils suspendent leur phrase, leur main, leurs pensées. Ils regardent partout pour essayer de saisir ce qu'il se passe. Est-ce que ce vrombissement des murs, du sol, ne se produit qu'ici, ou dans tout le quartier?... Est-ce que cela va durer?... Les secondes passent mais elles semblent être dilatées à l'infini. Des bruits résonnent partout, étranges, et les hommes sont stupéfaits. Que se passe-t-il?...

Et puis, la peur monte. Parce qu'ils comprennent. Partout où ils sont, les hommes n'ont pas encore nommé ce qui se produit mais ils comprennent le danger. La terre n'est plus terre mais bouche qui mange. Elle n'est plus sol mais gueule qui s'ouvre. À 16 h 53, les rues se lézardent, les murs ondulent. Toute la ville s'immobilise. Les hommes sont bouche bée, comme si la parole avait été chassée du monde. Trente-cinq secondes où les murs se gondolent, où les pierres font un bruit jamais entendu, jamais ressenti, de mâchoire qui grince.

Hommes, ce qui est sous vos pieds vit, se réveille, se tord, souffre peut-être, ou s'ébroue. La terre tremble d'un long silence retenu, d'un cri jamais poussé.

Hommes, trente-cinq secondes, c'est un temps infini et vos yeux s'ouvrent autant que les crevasses qui lézardent les routes et les murs des maisons. En ce jour, à cet instant, tous les oiseaux de Port-au-Prince s'envolent en même temps, heureux d'avoir des ailes, sentant que rien ne tiendra plus sous leurs pattes, et que, pour les minutes à venir, l'air est plus solide que le sol.

Qui choisit les immeubles qui tiendront et ceux qui crouleront ? Qui choisit le tracé sinueux de la mort ? Qui décide que Pacot sera épargné et Fort-National* défiguré ?

Là où la terre a faim, les poteaux électriques s'effondrent et les murs s'écroulent. Là où la terre a

* Quartiers de Port-au-Prince.

faim, les arbres sont déracinés, les voitures aplaties par mille objets carambolés. Là où la terre a faim, ce n'est que désastre et carnage. Le sol ouvre sa gueule d'appétit. Il n'y a pas de sang parce que tout est dissimulé par un grand nuage blanc qui monte lentement du sol.

Des quartiers entiers dévalent la pente comme un torrent de béton et finissent dans le bas de la ville, embouteillage de tôles froissées et de murs en morceaux, rayés de la carte, broyés dans le creux d'une main qui n'existe pas.

Saul est sur sa terrasse. La seconde d'avant, il a vu passer une famille, en contrebas, dans la rue. Il a salué de la main le père, qu'il connaît de vue, et les enfants ont dit bonjour. La famille entière marchait tranquillement, économisant son souffle car la rue Doyon est en pente. Ils étaient bien habillés. Peut-être revenaient-ils d'un baptême ou d'une fête?… L'instant d'avant, Saul a fait ce petit geste de la main puis, lorsque la famille a détourné la tête, il s'est levé, est entré, pieds nus dans son appartement, et s'est fait un café. Il est devant le réchaud, attendant que le café passe. Le contact des dalles est frais sous ses pieds. Et puis le réchaud se met à faire un bruit étrange, il pense à cela d'abord, que le grondement vient de là, puis il sait que c'est plus vaste, il se retourne, entend cette chose qui court partout, dans les murs, dans le sol, il cherche à comprendre, cela semble long. Au moment où, enfin, il met un nom sur ce qui se joue, au moment où il comprend, tout s'arrête, le calme revient. Le ventilateur accroché au plafond est tombé par terre. Il y a une faille sur un mur mais il ne la voit pas, il est sorti sur son balcon. Il a pensé au tremblement de terre, le mot est en lui maintenant, mais il veut vérifier, voir si quelqu'un d'autre a entendu. La poussière blanche, dehors, le surprend. Il se fige. À l'endroit même où, quelques instants plus tôt, il était assis, les pieds sur la rambarde, saluant de la main la famille… Il cherche des yeux la famille… Il ne reconnaît plus rien… Quelque chose a changé dans la rue Doyon… Il n'arrive pas encore à dire quoi. Quelque chose… Le nuage blanc… Il se couvre les yeux, la bouche, et soudain, il voit, face à lui, de l'autre côté de la rue, un trou, béant, comme une dent arrachée dans la mâchoire, et la poussière blanche qui monte de ce trou, il le voit, un amas indistinct est là, à la place de la maison à deux étages… Il cherche des yeux la famille, plus personne… Le temps, à peine, de se faire un café, ce n'est pas possible… Il se sent trembler… Il a le temps de se dire à lui-même qu'il doit garder son sang-froid, il descend le petit escalier qui mène à la rue sans très bien savoir pourquoi. Il se rend compte que son oreille bourdonne… Il a la gorge sèche… Il est en bas maintenant et le nuage l'entoure, la poussière blanche, jusqu'à le faire tousser…

Lucine relève la tête. Que s'est-il passé?… Comment se fait-il qu'elle soit à terre?… Elle regarde autour d'elle. Elle se souvient qu'elle marchait. Et puis, maintenant, elle est au sol. Elle ne saurait dire si elle a mal. Elle ne comprend pas. Mais elle ne se relève pas. Ce n'est pas qu'elle ne puisse pas, c'est qu'elle veut d'abord comprendre. Pourquoi est-elle par terre?… À dix mètres, devant elle, une énorme crevasse a éventré le bitume. Elle cherche des yeux les hommes. Ils sont là. Elle les voit. Mais il lui semble que tout est ralenti. Que les bouches s'ouvrent sans laisser s'échapper de sons. À moins que ce ne soit elle qui soit devenue sourde? Pourquoi est-ce que personne ne l'aide à se relever?... Pourquoi est-ce que tout s'agite autour d'elle avec cette lenteur étrange?...

Il se met à courir. D'abord pour sortir du nuage blanc. Il descend la rue Doyon, il le fait d'instinct. Il court, s'arrache à la poussière des gravats. Il descend à toutes jambes, ne voit personne... Où sont passés les hommes?... Des maisons sont affaissées... Une voiture est sur le toit d'une baraque... Comment tout cela est-il possible?... Il court... Le vrombissement se poursuit dans son oreille... Et puis d'un coup, il l'entend, le mot, hurlé par une femme, au loin, une femme qu'il ne voit pas, qui doit être plus bas : "Tremblement de terre!..."

Elle l'entend elle aussi, le mot repris de bouche en bouche. Ils le répètent et la peur se répand plus vite maintenant que le mot du désastre est prononcé. Avant, ce n'était qu'immobilité et tétanie. Maintenant, le mot court et les hommes s'agitent. Certains gémissent, la jambe ou le ventre écrasé par une pierre. Ils ne comprennent pas parce qu'ils n'ont pas vu le toit s'effondrer mais sentent la douleur du poids qui les broie. Tous crient. Les lèvres ne peuvent rester fermées. Les hommes appellent à l'aide, hurlent qu'on vienne les secourir, cherchent leur père, leur mère, ceux qu'ils aiment... Ils ne voient plus rien. La peur leur tord le ventre et leur prend leurs dernières forces. Elle reste calme, elle, laisse les hommes courir autour d'elle. Elle essaie encore de comprendre quelle force l'a propulsée à terre... Elle voit passer une petite fille que sa mère tire par le bras. Lorsqu'elle arrive à son niveau, la petite la regarde, avec de grands yeux. Il faut qu'elle se lève. Elle ne doit pas rester ici. Les voix, maintenant, sont de plus en plus nombreuses autour d'elle, "tremblement de terre", elle les perçoit mieux, alors elle fait l'effort de se lever, se rend compte que sa robe est devenue blanche de poussière, elle regarde autour d'elle, tous ceux qui passent ont le visage blanc de craie, et personne ne semble s'en soucier. "Tremblement de terre..."

Il court et lui aussi a le visage blanc, mais lui non plus ne le voit pas. Il entend le mot repris de quartier en quartier, "tremblement de terre... tremblement de terre"... Jusqu'où a-t-il frappé? Des poteaux électriques se sont affalés en travers de la rue. Il doit les enjamber. Il y a des trous dans la chaussée et puis là, face contre terre, il voit un premier corps, la tête écrasée sous un parpaing, juste un corps, et les jambes qui dépassent. Il ne s'arrête pas, non pas qu'il ait peur, il n'y pense même pas, mais il a besoin de courir... Le vrombissement dans son oreille est encore là... Il entend son propre souffle, il sent qu'il est en vie, son cœur s'échauffe, c'est de cela dont il a besoin... Il veut juste traverser la ville, ne plus s'arrêter de courir, et il dévale la première avenue de Bolosse sans savoir où il va...

Partout, les hommes s'agitent et tournent en tous sens.

On entend déjà des chants qui montent, peu de cris, oh – si peu de cris… Est-ce que les hommes ont compris qu'il ne restait déjà plus que la prière?

Hommes, les trente-cinq secondes qui étaient des siècles sont passées, vous laissant à tous la peau blanche et l'esprit lacéré. Il n'y a plus que douleur et hébétude. Le nuage retombe doucement, et vous découvrez lentement la ville détruite. Ce qui s'ouvre alors, vous le savez, c'est le temps de l'effort et des pleurs. Ce qui s'ouvre maintenant, c'est que vous n'aurez plus de répit. La ville est à terre. Elle va s'éclairer à la bougie cette nuit et les suivantes. Elle retentira de clameurs, longues et pénétrantes. Ce qui s'ouvre maintenant, c'est la peur d'après le malheur et la vie d'avant, elle, semble n'avoir jamais existé…

VII

LA MONTAGNE MORTE

Le Vieux Tess ouvre les yeux, regarde devant lui. Tout ce dont il se souvient, c'est ce bruit, comme si les pentes de Bolosse et de Haut-Turgeau lui étaient tombées dessus, précipitant sur sa tête des mètres cubes de terre changée en fleuve. Le bruit énorme, effrayant, d'une coulée de brique. Maintenant, il est là, devant la maison. La rue est plongée dans l'obscurité. Son corps, ses cheveux, ses vêtements, tout est couvert de poussière… Comment est-il sorti des éboulis, il n'en a aucune idée… Combien de temps s'est-il écoulé? Il contemple simplement la vieille maison devant lui : une moitié du bâtiment s'est effondrée. Sa chambre à coucher a été aplatie. Il se relève doucement, tape sur son pantalon pour en faire tomber la poussière. Il ne lui semble pas être blessé. Il prend quelques secondes pour respirer calmement. Partout, des hommes passent, en courant, le regard hagard…

— Ça va?

— Besoin d'aide?…

Il ne répond rien. Il n'est pas certain que ce soit à lui que ces ombres s'adressent. La rue de la Réunion est méconnaissable. C'est une montagne de gravats. Il essaie de retrouver des repères mais tout a été avalé.

Il faut qu'un garçon plus jeune – de trente ans peut-être – lui pose la main sur l'épaule et lui demande : "Il y a encore quelqu'un là-dessous ?" pour qu'il se mette à réfléchir. Il était seul chez Fessou lorsque la terre a tremblé. La jeune Lucine était partie quelques heures plus tôt...

— Non... Non... Personne... Que moi, je crois.

Il regarde encore le bâtiment, méconnaissable. La porte d'entrée a disparu sous les gravats. Plus aucune trace des lettres "Fessou" qui rappelaient l'origine du lieu. La grande salle, surtout, semble totalement détruite. Que peut-il dire ? Qu'il y a, sous les éboulis, quatre-vingts ans de souvenirs ? Que la terre vient d'avaler Mary, le Michigan, et tous ses souvenirs de bonheur ? Des heures entières de conversation avec ses amis. Des bouteilles bues, des corps de femmes parcourus du bout des doigts, les prostituées des années soixante, puis les amantes de Jasmin qui riaient comme des sottes jusqu'à faire trembler le lit de la petite chambre où on avait laissé accroché aux murs un vieux crucifix par moquerie. Que peut-il dire ? Que si tout cela vient de dispa-raître, alors oui, il y a encore quelqu'un là-dessous, c'est lui, Prophète Coicou, car il ne se relèvera jamais de cette épreuve. "Est-ce que je viens de mourir ?", demande-t-il alors, avec une voix d'en-fant, véritablement inquiet de la réponse qu'on va lui faire, pensant qu'au fond, il serait logique qu'on lui réponde oui, et alors il accepterait, mais le jeune homme lui tape sur l'épaule et lui dit :

— Je ne sais pas comment tu as fait pour te sor-tir de là, papa, mais tu es bel et bien vivant... ou je suis mort moi aussi !

Dans la Grand-Rue, une femme avance au milieu d'un nuage de poussière, les bras en l'air. On ne distingue pas ses traits, seulement sa silhouette hésitante. Elle va pieds nus et demande à voix haute, tous les cinq mètres : "Où êtes-vous ?… Où êtes-vous ?…" sans qu'il soit possible de savoir si elle s'adresse à ses proches, ensevelis sous un immeuble, ou au reste de l'humanité qu'elle ne voit plus.

Il n'y a personne d'autre qu'elle dans le grand appartement et elle ne peut quitter des yeux le nuage blanc qui est monté de terre et semble maintenant retomber tout doucement sur la ville. Où est sa mère ? Probablement sortie faire quelques courses. Elle ne tardera pas à revenir, la mine déconfite, les traits du visage tirés : "Tu ne sais pas ce qu'il s'est passé, ma chérie ?", elle ne prendra même pas le temps de vérifier que tous les employés de la maison vont bien, cela n'a pas d'importance, elle s'assiéra sur le bord du lit et elle se mettra à parler :

— Ce pays est maudit…

Elle l'a déjà entendue dire cela tant de fois.

— … Maudit et nous ferions mieux de partir au plus vite !

Sauf qu'à partir de ce jour, il sera difficile de trouver un avion, difficile de se faire porter jusqu'à l'aéroport, difficile, même, d'appeler Miami pour donner des nouvelles et cela la fera pester :

— Ce pays est maudit, répétera-t-elle avec dégoût.

Et il ne sera plus question de rester davantage.

Et puis, enfin, elle dira :

— Dieu soit loué, nous n'avons rien.

Mais sans vraiment y croire tant il est inconcevable, dans son esprit, que le malheur frappe Pétion-Ville et Montagne-Noire. C'est pour les pauvres, ceux qui s'entassent dans des maisons construites à la va-vite, ceux qui sont à six ou huit dans des baraques de rien. Elle sait tout cela : l'énervement qui ne quittera plus sa mère d'être bloquée dans ce pays de poussière, à attendre que les communications soient rétablies, que les vols reprennent… Elle sait tout cela. Elle regarde la ville basse, à ses pieds, plongée dans la pénombre du crépuscule. On entend parfois des cris, des pleurs, mais d'ici, tout semble étrangement calme, comme suspendu – presque beau. Où sont les employés de la maison ? Elle se retourne, cherche du regard. Elle sent qu'elle est seule. Ils ont dû partir en courant pour rejoindre leur famille. Tout, en bas, est agité de clameurs mais elle ne voit rien. Où est Ti Sourire, son infirmière ? Elle regarde les rues en pente de Jalousie. Est-ce que la jeune fille est là-bas, chez elle, serrant dans ses bras ses parents, ou dans les rues de Port-au-Prince, en train de secourir ceux qui ont besoin d'aide ? Elle regarde le calme silence de la ville à ses pieds, et elle sait qu'elle doit descendre.

Saul court. Pourquoi est-ce que son premier élan a été de prendre la direction du centre-ville ? Il ne le sait pas. Il pense à Lucine mais il sait qu'il ne peut rien. Il n'y a nulle part où il puisse partir à sa recherche. Lucine est dans la ville, quelque part, sur le chemin de Pétion-Ville. Est-elle vivante ? Court-elle, d'un point à un autre, comme lui ? Il essaie de ne pas penser à la possibilité qu'elle soit ensevelie sous les gravats. Dans les rues qu'il traverse, les habitants de

Port-au-Prince sont tous dehors. Une foule immense, cherchant, appelant, prenant des nouvelles, essayant de se consoler, de calmer les enfants qui pleurent, une foule entière qui commence à faire le compte de ceux qui manquent.

Le Vieux Tess pense à la photo de Mary. Il l'avait posée sur le grand miroir derrière le bar, comme une idole qui trônerait sur le salon, mais maintenant le bâtiment est à moitié effondré et il se demande s'il pourra la retrouver. Il est tiré de ses pensées par des cris qui viennent d'en face. C'est d'abord une voix d'homme, comme un cri de bête :

— L'école d'infirmières !…

Et ce cri, bientôt, est repris par des dizaines d'autres. Dans toutes les voix on entend de l'horreur. "Par ici !… Venez… À l'aide !… Ici… ici…" Il traverse et se dirige vers la rue Monseigneur-Guilloux… Il va aussi vite que ses vieilles jambes le peuvent, puis se fige. Il cherche des yeux les bâtiments de l'école mais ne les trouve pas. Il croit s'être trompé, est sur le point de revenir en arrière, lorsqu'il est saisi par les voix qui l'entourent : "Enlevez les gravats… Doucement… Doucement !…" Il regarde à nouveau devant lui. Il n'y a plus d'école. Il est pris de vertige. Une montagne de pierres est face à lui. Il se retourne alors vers un homme qui passe à ses côtés, l'attrape par l'épaule et lui demande :

— Quelle heure est-il ?…

L'homme paraît surpris mais répond :

— 17 h 30.

— Il faut faire sortir les petites…, dit alors le Vieux Tess. Elles ont encore cours… Il faut les faire sortir…

Il regarde à nouveau à ses pieds. Ti Poulette. Ti Sourire. La nouvelle, Lagrace, qui avait encore dans les cheveux l'air salé de Pestel, et toutes les autres, des dizaines et des dizaines d'autres, en uniforme, apprenant avec application à faire des prises de sang, traversant la rue par grappes en riant, toutes, en plein cours, ce n'est pas possible... Il entend encore des voix autour de lui : "Par ici... Vite!..." Il comprend alors que ces hommes, ceux du quartier, ceux qui passent, les parents venus en courant, tous, essaient de s'organiser pour soulever les morceaux de béton et tenter de voir si on peut encore extraire un corps. "Par ici... Faites une chaîne!... Doucement... Doucement... Déplacez les blocs avec précaution..." Alors, il s'approche et prend sa place dans la file qui se forme. Il n'est plus question de fatigue, de vieillesse, il n'est plus question d'heures du jour et de la nuit, il y a cette montagne qu'ils doivent déplacer bloc par bloc, parce qu'il n'y a que cela à faire, tous ensemble, jusqu'à ce qu'ils n'en puissent plus. Bloc par bloc, pour que Ti Poulette et Ti Sourire réapparaissent. Les pierres passent de mains en mains avec lenteur et précaution, "Vous voyez quelque chose?...", il faut continuer. Sous la montagne affreuse, il y a Lagrace et son parfum de mer, Lagrace et ses rêves de Pestel... Que le monde meure s'il laisse engloutir cela.

Près de l'église Saint-Gérard, une vieille dame marche d'un pas un peu chancelant. Elle porte une longue jupe à fleurs et un fichu bleu sur la tête. Elle a un petit sac à main de soirée, pailleté, qu'elle s'est calé sous le bras droit. On dirait qu'elle va à la messe.

Elle descend l'avenue Magloire-Ambroise, s'arrêtant devant chaque éboulis, le regardant avec surprise, cherchant peut-être sa rue ou repassant peut-être déjà pour la troisième fois devant l'endroit où était sa maison sans comprendre qu'elle n'existe plus.

Saul court. Partout, les gens se regroupent en petit nombre. Port-au-Prince brûle. Des bonbonnes de gaz ont explosé, des réserves d'essence ont pris feu. Des incendies, çà et là, donnent aux rues l'aspect d'une ville en pleine insurrection. Saul court vers la rue Monseigneur-Guilloux pour aller chez Fessou mais lorsqu'il arrive devant l'école d'infirmières, il se fige. La foule est dense. Les élèves de l'école des Beaux-Arts, juste en face, sont venus prêter main-forte. Il y a aussi les habitants du quartier, les passants... Des voix retentissent. Saul aperçoit alors Boutra. Il est parmi des hommes dont on ne distingue pas le visage, mais qui sont montés plus haut que les autres sur le tas de décombres, donnent des ordres, avec l'autorité de l'urgence. Que voient-ils? Personne ne sait. Mais on cherche. Des mains, nombreuses, se meurtrissent sur des blocs inamovibles. On tente désespérément de faire bouger des barres de fer ou des poutres en bois, espérant ensuite atteindre une poche d'air où il y aurait encore des survivants. Le Vieux Tess est aussi dans la foule. Il se bat contre les morceaux de béton qui lui cassent les ongles et lui laissent, sur la peau, de grandes estafilades. Tous s'arc-boutent contre les éboulis. "Les entends-tu, Ti Poulette?..." "Oui, je les entends, mais ils sont si loin..." Certains ont été chercher des pioches, ou des barres à mine et essaient de frapper contre les blocs qui obstruent l'accès à une cavité. "Les entends-tu, Lagrace ?…" À intervalles réguliers, un des hommes perché en haut des gravats demande le silence, et son ordre est repris de bouche en bouche, "Silence… Silence…" La foule s'immobilise, espérant un murmure, un bruit, quelque chose qui signale une vie, "Entends-tu, Lagrace ?", tout le monde attend, "Frappe, Lagrace, appelle s'il te reste encore de l'air dans les poumons…" Et chaque fois, les hommes perchés sur la montagne de pierraille font signe de se remettre à dégager les blocs et la foule le fait avec un visage décomposé, se promettant d'aller jusqu'au bout de leurs forces. Saul entreprend alors de monter lui aussi sur le tas d'éboulis. Boutra est tout en haut et d'un coup il demande le silence à nouveau. Il colle son oreille aux pierres et écoute dans les entrailles de la terre et tout le monde retient son souffle.

Lily traverse le grand appartement, en marchant avec des gestes prudents. Lorsqu'elle se retrouve dans les jardins, elle s'immobilise, respire une dernière fois l'odeur des manguiers qui entourent la fontaine, puis, avec une démarche lente, un peu chancelante, passe la porte d'entrée de la propriété et sort. Le chemin va être long mais cela n'a pas d'importance. Elle va plonger dans la vie, celle qui sue, saigne et crie. Elle va plonger dans la poussière. Elle toussera, se passera les mains sur le visage. Elle devra s'arrêter parfois sur le bord des chemins mais peu importe. Elle quitte les hauteurs de Montagne-Noire. Personne ne la retrouvera. Sa mère va parcourir les pièces du grand appartement en lançant plusieurs fois son nom à travers les pièces, "Lily ?…", d'une voix calme d'abord, "Lily?...", pressée de lui raconter ce qu'elle a vu, puis de plus en plus inquiète, "Lily?...", elle courra d'une pièce à l'autre, cherchera quelqu'un à qui demander ce qui se passe mais ne trouvera personne, elle blêmira alors, elle voit tout cela, le visage décomposé de sa mère qui ne sait plus que faire et va de la chambre à coucher à la terrasse, de la terrasse au salon, sa mère qui va devoir vivre seule, sans sa petite mourante, sans les coups de fil à la clinique Carlsson, sans les pleurs dans le bureau des médecins et les ordres secs donnés aux infirmières qui ne font pas bien les perfusions ou ont apporté un plateau-repas à moitié froid, sa mère va devoir vivre seule et il n'est pas certain qu'elle sache le faire, mais cela n'a plus d'importance, ou plutôt, cela ne la concerne plus, elle, Lily, c'est autre chose qui commence... Elle descend la route de Montagne-Noire avec sa démarche de crabe hors de l'eau, les jambes raides, les mouvements discordants, s'aidant de sa béquille et les cris sont de plus en plus audibles. Elle veut aller au cœur du monde, sentir la pulsation de ces heures où tout se déchire et où le monde entier – comme elle, Lily, la petite mourante que personne ne sait soigner – se bat pour respirer encore quelques instants et repousser un peu le temps du néant.

Au marché de la Croix-des-Bossales, les monticules de sacs de charbon se sont effondrés, les chiens aboient en tournant sur eux-mêmes. Des étals sont en feu et les flammes se propagent. Au marché de la Croix-des-Bossales, sur les tas d'ananas, il y a des femmes évanouies et d'autres qui pleurent déjà de tout le malheur que le sort leur réserve.

Boutra est un démon sur le tas de gravats, allant et venant avec agilité, sautant au-dessus des trous, déplaçant de petites pierres pour plonger un bras dans une anfractuosité et tâter. "L'entends-tu, Lagrace?", "Oui, Ti Sourire, je l'entends", "Laisse-moi te pousser vers le haut…" Parfois, il se fige et colle une oreille contre une dalle renversée pour essayer de sentir une vibration, parfois, il se glisse dans un trou de la taille d'un homme et disparaît totalement pendant quelques secondes. Les autres, autour de lui, l'invitent à ne pas descendre si profond, lui disent de remonter… Des mains se tendent pour le saisir, mais lorsqu'il demande de le laisser et de faire silence, tout se suspend. Il crie du fond de son trou, il appelle et c'est comme s'il voulait que le centre de la terre lui réponde, son cri plonge dans les entrailles de la nuit, étouffé par les pierres, et les secondes sont longues d'attendre la réponse espérée qui ne vient pas. Boutra ressort, ne reprend pas son souffle et saute ailleurs. "Ils viendront, Lagrace, il faut tenir. Tu dois taper, Lagrace, toute la nuit s'il le faut, encore et encore…" et Boutra est un chat dans la nuit qui cherche la vie, au milieu des centaines d'hommes qui sont ses frères, pour retrouver un être vivant et le sortir de ce cercueil éboulé, pour lutter contre l'appétit de la terre, cherche Boutra, cherche, la foule se passe de mains en mains des blocs de pierre, et tend l'oreille avec le rêve fou de sentir les battements tant espérés et de pouvoir dire qu'il y a encore une vie sous l'amoncellement.

VIII

RÉPLIQUE

Ils convergent tous vers le Champ-de-Mars. Lucine se laisse guider par la foule. Les mères demandent à leurs enfants de ne pas marcher trop vite car les rues sont de plus en plus sombres. Les jeunes hommes aident les vieux à marcher, ceux qu'il a fallu convaincre de quitter leur maison parce qu'ils ne voulaient pas sortir. Le peuple de Port-au-Prince fuit les constructions. On va chercher un dernier vêtement en toute hâte, sans s'éterniser, on sort les matelas dehors, pour dormir sur le trottoir. On ferme la porte à clef et on prie pour avoir encore une maison à ouvrir dans quelques jours, quand tout sera fini. Une ville entière, dehors, parle, se répète les mêmes informations, demande des nouvelles d'un tel ou un tel, s'interroge : est-ce que l'armée fait quelque chose?... Et le monde extérieur, est-il au courant de ce qui nous arrive?... Une ville entière s'installe sur les places, dans les jardins. Lucine se laisse porter par le flux des habitants. Elle regarde la foule qui avance dans la pénombre et paradoxalement, malgré la peur, malgré l'inquiétude de ne pas savoir comment il faudra faire demain pour trouver à manger, pour trouver de l'eau, pour trouver tout ce qui fait une vie, elle se sent portée. Comme en ces jours lointains de manifestations où elle avançait en courant à petites foulées et en martelant du pied l'asphalte pour demander – avec des milliers d'autres – le départ du dictateur. Elle pense à Saul. C'est là qu'elle veut aller. Au plus vite. Passer par le Champ-de-Mars, le traverser tout entier, puis poursuivre jusque chez Fessou. Elle suit la foule des milliers d'ombres vivantes qui cherchent un endroit où s'asseoir, lorsque soudain, en passant dans la rue Cadet-Jérémie, devant une bâtisse à moitié affaissée, elle entend qu'on l'appelle. Elle se fige, écoute. La voix résonne à nouveau, provenant des ruines qu'elle est en train de dépasser. Une voix la hèle, faible, au bord de l'épuisement. Elle s'approche, regarde. Elle pourrait appeler à l'aide, attendre un peu que des hommes passent mais elle n'y pense même pas. Il lui semble qu'il faut faire vite. La voix appelle toujours. Elle essaie de pousser la porte de la maison qui s'est dégondée et obstrue l'entrée. Il fait sombre. Le toit s'est en partie effondré. Un corps doit être quelque part, à même le sol peut-être ou à demi écrasé… Elle s'avance. Elle a peur, demande – pour que sa voix résonne – s'il y a quelqu'un… La voix lui répond à nouveau, plus lointaine maintenant. Il faut avancer. Elle met le bras devant elle et marche à tâtons jusqu'à trouver un mur, ou quelque chose qui l'aiderait, et se laisser guider par la voix. C'est là, d'un coup, que le sol tremble à nouveau. Une secousse, venue du tréfonds de la terre, qui fait vibrer l'air et onduler les murs. Elle a le temps de penser qu'il faut jaillir au plus vite hors de ce trou qui va s'effondrer lorsqu'une douleur violente lui traverse le dos, comme un éclair, puis, plus rien, elle ne sent qu'un engourdissement puissant qui prend possession d'elle. Est-elle à terre? Elle ne sait pas… Elle n'entend plus rien… Elle ferme les yeux et lâche prise…

"La réplique!… La réplique!…" Dans toute la ville, partout, cette clameur monte. Il n'y a plus de surprise cette fois. Tous les habitants savent le nom terrifiant qu'il faut donner à ce qui s'acharne sur eux. La réplique est d'une force prodigieuse. Elle éventre à nouveau, élargit les crevasses, remue les éboulis. Des immeubles qui avaient résisté à la première secousse tombent maintenant, vaincus par ce deuxième coup de boutoir. Les rues sont à nouveau enfouies dans un nuage de poussière blanche. C'est la peur, maintenant, partout. Impossible de s'asseoir, de s'allonger. Impossible de se dire que le pire est passé.

Lucine sent une main, douce, qui lui caresse la joue. Elle voudrait ouvrir les yeux mais n'y parvient pas. Elle ne pensait pas qu'il faille fournir un tel effort pour simplement ouvrir les yeux… La main est encore là. Elle finit par entrouvrir les cils. Une jeune fille est au-dessus d'elle. C'est une enfant. Elle ne dit rien, ne fait que répéter ce geste. "Est-ce que c'est toi qui m'as appelée dans la maison effondrée?", demande Lucine, mais elle n'est pas certaine d'avoir véritablement parlé. La fillette ne répond pas. Elle sourit. Lucine se concentre. Elle voit le ciel au-dessus de sa tête. A-t-elle réussi à s'extraire de la maison? Elle est dehors, il n'y a pas de doute possible. L'enfant lui caresse le visage avec des gestes réguliers. "Est-ce toi?", demande-t-elle encore. Mais la petite ne répond pas. Lucine, lentement, reprend des forces. "Où sommes-nous?", demande-t-elle encore et cette fois, la fillette répond, avec un sourire inquiétant, comme si ce mot lui faisait plaisir, elle dit : "Dans la ville tremblée." Lucine se souvient, alors. La douleur dans le dos. La faiblesse des jambes. Il lui semble que le poids revient pour lui écraser à nouveau le ventre. Elle se sent faible. Elle se dit qu'elle va se laisser mourir ici. L'air est tiède. Elle ne souffre pas. C'est un endroit comme un autre pour finir. Elle le dit à la fillette, mais la petite lui sourit et tourne la tête pour faire non, plusieurs fois, sans rien répondre. Lui interdit-elle de mourir?... Lucine essaie de regarder autour d'elle. Où est-elle exactement? L'enfant fait encore non de la tête, sans plus sourire maintenant. On dirait même qu'elle est courroucée et il semble alors à Lucine que la petite bouge les lèvres et – est-ce possible? – dit et répète un simple mot : "Saul." L'air est doux. Il faut continuer, malgré la maison effondrée et la deuxième secousse, malgré toutes les répliques qui viendront. Lucine se redresse alors, avec des gestes lents d'accidentée, secoue un peu sa robe pour en faire tomber la poussière, passe sa main dans ses cheveux où elle sent un paquet épais de sang séché mais se lève malgré tout, et avant qu'elle ait pu dire quoi que ce soit à l'enfant, celle-ci s'en va en lui faisant un petit signe de la main. Lucine reprend son chemin vers la foule serrée du Champ-de-Mars pour que les hommes, là-bas, lui disent si elle est morte ou pas.

Sur l'amoncellement de pierres de l'école d'infirmières, des hommes essaient d'extraire Boutra. La réplique l'a cueilli lorsqu'il était au sommet des gravats, cherchant, comme un chat dans la nuit, un souffle de vie. Les éboulis se sont mis à bouger comme une matière vivante, dans un bruit assourdissant. Un trou s'est ouvert sous les pieds du jeune homme et il s'est senti aspiré, "Entends-tu, Lagrace, la terre gronde à nouveau", "Oui, j'entends et les hommes s'épuiseront à nous chercher". Il s'est accroché où il a pu, s'agrippant pour ne pas descendre jusqu'au tréfonds de cette montagne creuse. Il a disparu un temps à la vue des autres. Tous ont crié. Certains ont couru, pris de panique, pour s'éloigner le plus possible – en hurlant le nom que la foule a déjà donné à la colère de la terre "Goudou Goudou", comme s'ils venaient de voir la mort en face. D'autres, avec un sang-froid de héros, n'ont pas bougé, ont attendu simplement que les vibrations se fassent plus faibles, puis se sont hissés sur les décombres, tendant leurs mains dans la nuit, pour retrouver Boutra. "Tu te trompes, Lagrace, les hommes sont encore là, ils n'abandonnent pas, je les entends…" Saul monte à son tour. Il se tord les pieds, s'aide de ses mains, essaie de trouver des appuis. Là-haut, trois jeunes garçons sortent Boutra de son trou. Il a les yeux qui scintillent dans la nuit, comme un dément. On croirait que c'est la terreur qui lui court dans les veines, mais ce n'est pas cela. Lorsqu'il voit Saul, il se jette sur lui, l'agrippe, l'étreint, avec une fièvre de drogué, "Saul… Saul… Je les ai entendues… Il y en a encore en vie… Saul… Je le jure… Vite!…" et Saul le croit, il ne peut douter de son ami. Il y a encore de la vie dans la montagne morte, "Vite!" hurle-t-il pour regrouper les hommes qui sont encore prêts à chercher, "Par ici!…", "Les entends-tu, ma sœur?…" Le petit groupe de chercheurs est galvanisé par cet espoir ténu, "Boutra a entendu du bruit!...", le Vieux Tess, un peu plus loin, appelle les volontaires, "Par ici! Par ici!... Il y a des survivants!" Toute la foule s'anime. Il n'y a plus de fatigue. Qui dira la grandeur de ces hommes de rien, de ces silhouettes inconnues qui ont aidé cette nuit-là, et partout ailleurs dans les rues de Port-au-Prince, partout où il y avait des maisons écroulées qu'il fallait fouiller des mains? Qui racontera ces héros qui avaient eux-mêmes perdu des proches, qui étaient au bord de l'épuisement, mais qui ont cherché encore et encore, crachant sur leur propre peur? Qui dira leur colère, car c'est la colère qui les animait. Si Saul avait pu taper contre les blocs de béton, il l'aurait fait et tout le peuple de la ville aurait fait comme lui, avec les poings serrés, avec les pieds, avec la tête même, taper contre ces pierres qui tuaient la vie, taper pour se venger de Goudou Goudou, pour qu'il s'en aille, qu'il reparte au fond de la terre et se tapisse là pour des siècles et des siècles, taper oui, cela aurait été facile mais il fallait chercher, creuser, déplacer, se briser les doigts, essayer de déplacer des poids immenses, sans y parvenir, alors oui, la colère leur mettait le feu aux sangs, et ils étaient prêts à rester toute la nuit pour défaire ce que la mort avait fait, "Ti Sourire, écoute, je les entends", "Apportez une bougie!" crie le Vieux Tess, "Il y a quelqu'un là-dessous!..." et la bougie arrive comme une prière fragile, passant de mains en mains avec précaution et on la plonge dans les entrailles de la terre – petit halo vacillant pour éclairer le chaos – "La vois-tu, ma sœur?", "Oui, je la vois", "Alors, frappe, frappe pour leur dire que tu vis!..." et elle frappe. Boutra se penche, n'y croyant pas tout d'abord, puis se relevant, le visage transfiguré, "Je l'ai! Ici… Ici…" Tout le monde s'approche. La foule reprend espoir. On sait où chercher maintenant. Les gestes sont plus rapides, plus précis, Saul dirige les opérations tandis que Boutra s'est faufilé dans une anfractuosité pour essayer d'établir un contact, "Déplacez celui-là, doucement…" Et à chaque mouvement, c'est la peur que tout bouge et que les efforts soient ruinés en quelques secondes, la peur de donner soi-même la mort, "Doucement!…", "Ils s'approchent, Ti Sourire… Je sens qu'on fait bouger les pierres autour de nous." Et Bourik Travay finit par crier qu'il tient une main, et tout un bras, il faut élargir le trou pour que le reste du corps puisse passer. Saul ne pense plus à rien d'autre qu'à ce jeu macabre de blocs qu'il faut pousser mais qui peuvent s'effondrer à tout moment. Il n'est plus qu'un esprit vif face à l'urgence, muscles tendus, comme tous les autres autour de lui. Finalement la phrase que tout le monde attend est prononcée : "Je l'ai!" C'est Bourik Travay qui le dit en premier "Aidez-moi à la tirer d'ici!" alors ils y vont, à quatre ou cinq, tous cherchant à aider d'un bras, d'un appui, d'un conseil et le corps sort, lentement, avec mille précautions, un corps couvert de poussière et d'entailles mais qui respire, ils la sortent de là, "Je vous sens, mes frères, vous me portez, me tirez, m'emmenez loin d'ici…" ils la descendent et chacun pourrait pleurer de joie à cet instant, c'est comme s'ils avaient vaincu le monstre, là, tous ensemble. C'est infime face à l'ampleur du désastre, mais c'est une vie tout de même, celle d'une jeune femme qui avait décidé de soigner les autres, qui avait encore des poissons dans les yeux et le calme des couchers de soleil de Pestel dans les cheveux,

"Posez-la doucement, doucement", c'est le Vieux Tess qui parle, et il l'appelle par son nom "Lagrace?... Lagrace?...", elle ouvre les yeux, elle voudrait dire "Il y a encore Ti Sourire là-bas..." mais elle n'en a pas la force et cela ne servirait à rien. Ce qu'elle ne voit pas, c'est que les hommes, Saul, Boutra et les autres qui n'ont pas de nom – n'en auront jamais – sont déjà remontés sur l'amas de pierres et cherchent à nouveau. Dans les rues de Port-au-Prince, partout, on aligne les morts le long des trottoirs. Eux, ici, ils veulent aligner des vivants, de toute leur force, en sortir le plus possible, pour qu'il soit des rues, dans cette ville tremblée, où les cris de joie sont plus forts que les pleurs, et où les hommes, face à la colère des sols, peuvent se dire à eux-mêmes que malgré leur petitesse, malgré leur fragilité, ils ont gagné.

IX

PREMIÈRE NUIT BLANCHE

Le vieux Firmin roule. Il lui semble être au volant de la dernière voiture de Port-au-Prince. La ville se relève et ne se reconnaît pas. Partout, les hommes et les femmes déambulent, regardant les maisons qui ont résisté et celles qui se sont effondrées. Les familles se cherchent, demandent des nouvelles aux voisins. Avez-vous vu ma mère?… Savez-vous si l'école de Saint-Gérard a tenu?… Il y a plus de questions que de réponses. Les familles voudraient se compter, s'assurer qu'il ne manque personne mais elles ne peuvent pas. Où chercher, dans une ville renversée, celui qui manque? Firmin roule, traverse tous les quartiers. Souvent, des gens lui font signe de s'arrêter. Ils veulent lui demander s'il a une place, s'il peut les emmener à l'autre bout de la ville ou faire monter un de leurs proches que l'on vient d'extraire des gravats pour le mener au plus vite à l'hôpital. Certains se mettent en travers de la route pour qu'il soit contraint de freiner. Il ne s'arrête pas. Il a besoin de rouler. Les rues sont méconnaissables. Certains quartiers sont entièrement bloqués, rendus inaccessibles par l'effondrement d'un immeuble. D'autres sont impraticables tant la foule y est dense. Il roule le long de la côte. Il veut voir de ses propres yeux le palais présidentiel dont on dit qu'il s'est effondré sur lui-même. Mais en approchant, il change d'avis. Quelques soldats ont réapparu. Il a peur qu'un d'entre eux ne veuille réquisitionner sa voiture. Il choisit alors de quitter le centre-ville. Il passe à Fort-National, son quartier. Arrivé sur place, il hésite. Tout est sens dessus dessous. Il faudrait descendre de sa voiture, escalader les gravats. Et pour voir quoi?… Que tout est mort? Il sent que sa maison n'existe plus. Un amas de décombres. Voilà ce qu'il reste de Firmin Jamay. Cela ne l'inquiète pas. Qui était Firmin Jamay? Un chauffeur de taxi qui n'a jamais rien fait de son existence, qui s'est terré dans les rues de Port-au-Prince pendant des dizaines d'années en espérant que personne ne le reconnaisse. Tout cela est terminé maintenant. Firmin Jamay est mort le jour où il est resté garé devant l'ancien bordel à regarder Pabava lever son verre à la santé du monde. Firmin Jamay est mort et c'est tant mieux car c'était un lâche. Il sait, lui, qu'il n'a jamais véritablement été cet homme-là. Il roule. L'homme qu'il a été, c'est Matrak et nul autre. Il roule au volant de sa voiture, forçant parfois les silhouettes à s'écarter sur le bord de la route. Il s'en veut d'avoir eu peur pendant toutes ces années, de s'être caché. Il est vieux maintenant et la mort n'est pas loin. Elle vient de poser un pied sur la ville, écrasant des quartiers entiers. Elle posera bientôt l'autre et peut-être donnera-t-elle quelques coups de queue tant elle est de mauvaise humeur et aime esquinter ce que les hommes font. Elle est là, oui… Il n'y a aucune raison qu'il y échappe alors autant mourir avec son vrai nom : Matrak.

"Est-ce ainsi qu'il me sera donné de voir le monde…" se demande Lily en descendant vers le Champ-de-Mars… À genoux?" Tant de fois, lorsqu'elle était dans sa chambre d'hôpital à Miami, ou dans le bel appartement de Montagne-Noire, elle a rêvé de pouvoir s'évader de son univers de blouses blanches et de perfusions… Elle s'imaginait dans une rue, n'importe laquelle, frôlant des hommes et des femmes pressés, saisissant des bribes de conversation, essayant de ressentir la pulsation de la vie, jusqu'à trouver un marché et s'arrêter devant chaque étal, sentir la viande crue jusqu'à l'écœurement, toucher les fruits, les soupeser, elle qui n'a droit à aucun contact car tout est germe, virus, tout est infection possible et risques majeurs… Elle se voyait ainsi, plongeant dans la vie, comme une suicidée joyeuse, embrassant ce qui la tuerait mais sans rien craindre car il y aurait l'ivresse. Et tant pis si cela devait durer peu, si elle finissait par s'effondrer et cracher du sang, au moins aurait-elle étreint quelque chose… Il lui semblait parfois que ce n'était pas du monde que les médecins voulaient la protéger mais bel et bien le contraire, que le monde voulait se protéger d'elle. Peut-être est-elle contagieuse? Et peut-être est-ce pour cela que les hôpitaux la conservaient dans une éternelle quarantaine, pour qu'elle ne contamine personne… Rien ne pouvait être plus beau que d'échapper à cette réclusion forcée. Et maintenant qu'elle l'a fait, maintenant qu'elle s'est soustraite au milieu stérile dans lequel on la confinait, c'est pour découvrir un monde assommé où les hommes, dans les rues, titubent, parlent seuls, ne réalisent pas encore que toute leur vie vient d'être détruite. Peut-être est-ce vrai, alors? Peut-être a-t-elle contaminé le monde?

Partout où elle va, elle apporte la fragilité. Partout où elle va, les lèvres tremblent et les yeux se baissent. Elle marche dans des rues, sans plus avoir derrière elle ni infirmière ni mère, elle marche avec le bonheur de sentir que ses jambes, malgré tout, peuvent la porter, qu'elle a de la force et n'est pas uniquement un corps condamné à l'alitement et à être nourri par de fades plateaux-repas. Elle marche avec bonheur et ce bonheur lui donne l'impression d'être cruelle car elle voit bien que partout autour d'elle le monde n'est que désolation.

Un homme qu'elle ne connaît pas l'aborde tandis qu'elle passe devant lui. Il a un visage généreux, sourit avec calme. "Justin Lavaste, dit-il. Ça va, vous?" Oui. Ça va. Il lui tend une bouteille d'eau. Lucine prend la bouteille et boit avec délectation. Lorsqu'elle a fini, elle le regarde et lui retourne la question : "Et vous? Ça va?" Il ne répond pas tout de suite. Il montre la ville derrière lui d'un geste de la main : "Je ne sais pas…" Elle va lui demander où il habite mais il ne lui en laisse pas le temps. Il poursuit : "… Je ne sais pas où sont ma femme et mes enfants…" Dans toute la ville, des hommes et des femmes se demandent comment répondre à cette question : "Ça va?" Dans toute la ville, ils attendent de savoir s'ils sont veufs, orphelins ou si la mort les a épargnés. La ville se cherche. Et à chaque réapparition, lorsqu'un jeune homme arrive en courant sur le lieu de sa maison et découvre qu'elle tient encore debout, de grands cris résonnent. Et doucement, dans chaque quartier, les pleurs se mêlent aux joies des retrouvailles. Plus les heures passent, plus les cris de joie sont forts, car plus les familles désespéraient de voir revenir l'absent. "Vous croyez que je devrais aller chercher au hasard dans les rues?" Elle ne sait que répondre à Lavaste. Non, elle pense qu'il devrait attendre là où il est. Ne pas bouger. Rester devant chez lui. Mais qui peut avoir la force de faire cela? Ils marchent tous. Ceux qui cherchent quelqu'un, ceux qui attendent de voir apparaître un visage connu. Et Lavaste fera comme les autres. Lucine le sait. Elle-même est prête à parcourir tout Port-au-Prince pour retrouver Saul. Même si la nuit tombe…

Lorsque Lily parvient sur le Champ-de-Mars, elle s'arrête et retient son souffle. Devant elle s'ouvre une place immense, couverte de monde. On peut sentir la foule malgré l'obscurité. Aussi loin que porte son regard, Lily distingue des silhouettes, assises ou debout, avec des bougies, çà et là. Elle avance jusqu'à entrer véritablement dans la foule. Il faut se frayer un passage avec précaution pour ne pas marcher sur une main, un pied, ou sur un homme qui a décidé de s'allonger. Certains ont apporté des couvertures et se serrent en famille. Les enfants dorment bouche ouverte, épuisés. Les parents font barrière de leur corps. D'autres déambulent d'un groupe à l'autre. Ici aussi, ils sont nombreux à chercher quelqu'un. Malgré l'immensité de la place et la foule compacte, ils essaient, avec obstination, de voir chaque visage, espérant chaque fois découvrir les traits d'un père ou d'une sœur qui n'a pas encore réapparu. On entend des prénoms lancés dans la nuit. Le peuple se cherche à tâtons. Il traverse cette première nuit accroché à l'espoir, de plus en plus mince au fur et à mesure que passent les heures, de pouvoir retrouver ceux qui manquent. Personne n'a envie de s'endormir. On raconte à ceux assis à côté de soi – des gens qu'on n'a jamais vus et qu'on ne reverra peut-être jamais – la façon dont on a vécu la secousse. On échange des impressions et lorsqu'on n'a plus rien à dire, on prie. Mille informations circulent sans qu'aucune ne soit vérifiable. On dit que le président est mort écrasé sous le toit de son palais, que plus de la moitié de la population a été engloutie, qu'à Léogâne, c'est encore pire, que la ville n'existe plus. On dit que le monde extérieur est maintenant au courant et qu'une flotte de secours menée par les Américains ne tardera pas à apparaître au large, demain matin peut-être… On dit tout, amplifie tout, répète sans comprendre et dans l'esprit de chacun, la question se pose, terrifiante : de quoi sera fait demain, et le jour d'après et celui encore d'après?… Qui s'occupera de nous? Qui se soucie de nous? Et Lily s'enfonce toujours plus profondément dans la place, frôlant des corps qui gémissent, enjambant des personnes endormies qui ont enfoui leur visage dans des T-shirts pour ne plus rien entendre. Elle avance, parce qu'elle veut être là et nulle part ailleurs, au milieu des suppliciés. Le monde, à cet instant, a son visage à elle. Il est chancelant et condamné. Elle serre les poings pour ne pas pleurer. Elle avance pour se laisser traverser par toute cette sueur d'humanité, toute cette angoisse qui monte des yeux des mères, dans un grand chant muet. Elle se laisse traverser par la tristesse du mourant sur le champ de bataille, qui sent que, partout autour de lui, on meurt aussi.

"Je voudrais juste leur demander pardon… Ou non… pas pardon. Juste leur dire que tout cela n'a pas d'importance. Que je les aime. Vous comprenez ?…" C'est une jeune femme qui parle. Elle est belle. Elle a les hanches larges et est habillée de rien. Pieds nus. Une serviette autour de la taille. Elle a un fichu rouge dans les cheveux. Elle répète son nom. Rose. Elle le répète à ceux qui l'entourent. "Je m'appelle Rose Eustache" et personne n'ose l'interrompre mais tout le monde préférerait qu'elle se taise, je m'appelle Rose, ma mère m'a grondée parce que je n'avais toujours pas fait chauffer le riz kolé*, j'étais sur ma natte, dans la pièce du fond, à me faire les ongles, "Qui a besoin d'une coquette ici ?" Je n'ai pas aimé qu'elle me parle comme ça. Je fais tout, du matin jusqu'au soir, vous savez, tout, chercher l'eau, taper les nattes, laver ma petite sœur et la peigner quand elle va à l'école. Alors je me suis levée et je leur ai dit qu'ils me foutent la paix, là, tous, que ça allait bien, ma mère, mon père, mon grand frère et même la petite, et je suis sortie, pour aller me mettre sur le trottoir d'en face, avec mon vernis à ongles… Rose parle d'une voix neutre et raconte que le tremblement de terre a eu lieu juste à ce moment-là, lorsqu'elle était sur le trottoir, sortie comme ça, sur un coup de sang, avec juste une serviette et un fichu dans les cheveux, et tout le monde voit que la maison n'existe plus, que la famille a été aplatie, il n'y a que Rose, sauvée par sa colère, Rose qui raconte avec sa voix blanche, qu'elle voudrait leur dire un mot parce que ce n'est pas possible de mourir fâchés mais personne ne répond,

* Mélange de riz et de haricots.

les gens s'éloignent, un peu parce qu'il est tard, un peu parce que le récit de Rose les torture, alors elle attend, et lorsqu'un nouveau groupe s'est plus ou moins constitué autour d'elle, elle recommence, "Je m'appelle Rose, je me suis mise en colère... mais ce n'était pas grand-chose... et maintenant... je suis toute seule..."

Saul et Boutra ont amené le corps à demi conscient de Lagrace jusque chez Fessou. Saul a veillé à ce qu'on la pose avec précaution sur la terrasse en bois de l'ancien bordel. Des mains secourables sont allées chercher de l'eau. Saul a entrepris de nettoyer le visage de la jeune fille et de la faire boire. Elle est faible mais son corps semble sans blessure grave. La foule, après l'avoir regardée comme on regarde un miracle, s'éloigne. Certains s'installent dehors sur des matelas de fortune, d'autres vont chercher un endroit plus paisible pour la nuit. Ils restent alors seuls, avec le Vieux Tess qui les a suivis. Personne ne sait où exactement vivait Lagrace, chez quelle logeuse ou quelle parente éloignée. Il faudra, un jour prochain, envoyer quelqu'un à Pestel pour dire que la petite est en vie mais il est trop tôt. Pour l'heure, il n'y a qu'eux – ceux de Fessou – pour prendre soin d'elle. Boutra en profite pour faire quelques pas vers la Grand-Rue. Il veut voir cette artère où il a vécu toute sa vie. Les autres le laissent aller en silence. Le jeune homme avance en titubant, n'en croyant pas ses yeux. Le crépuscule tombe et la rue est sombre. Tout est dévasté. La Grand-Rue, où il a travaillé pendant tant d'années, s'agitant sous un soleil de plomb, tirant des charrettes à bras pleines de marchandises, houspillant les passants pour qu'ils le laissent passer, la Grand-Rue, où il a travaillé depuis ses douze ans, où même les poules le connaissent, a disparu. Les dizaines de petites échoppes de bois dans lesquelles les marchands disposent leurs produits ont été écrasées. Il ne reste qu'un fatras de planches et de blocs de béton et des incendies qui lèchent l'asphalte çà et là. Il revient alors sur ses pas, regarde longuement le Vieux Tess, Saul et Lagrace et il sait que ce petit groupe est tout ce qu'il lui reste.

Soudain, une voix résonne dans la nuit. "Amis!… Amis!…" C'est Pabava. Saul et Boutra poussent un cri de joie et se jettent dans ses bras. Chaque personne qui réapparaît en cette nuit semble revenue tout droit du néant. Le Vieux Tess embrasse son ami avec émotion : "Domitien… Que nous arrive-t-il?…", lui glisse-t-il à l'oreille lorsque leurs joues se frôlent et Pabava ne sait que répondre. Il leur annonce qu'il a croisé le frère de Jasmin et que celui-ci est en vie. Cette nouvelle est accueillie avec bonheur. Personne, en revanche, ne sait rien du facteur Sénèque. Pabava est passé devant chez lui. Le bâtiment en ciment gris dont il louait une petite pièce au rez-de-chaussée existe toujours mais personne n'a pu lui dire où était le facteur. Alors, ils marquent tous un temps de silence. Ils pensent à la même chose, sans se le dire. Toutes ces années de combats, des Duvalier père et fils à Aristide, jusqu'à l'opération Bagdad*, toutes ces années où il avait fallu s'arc-bouter

* Nom donné à la période de 2004 à 2005 où la ville était en proie à une guerre des gangs d'une violence inouïe.

167

contre la tyrannie et l'ignorance et tout cela pour quoi?... Pour arriver à ce jour?... Les efforts lents d'un peuple vers la liberté, un peuple qui se secoue le dos pour faire tomber les sangsues du pouvoir, qui se bat pour que ses fils fassent des études et vivent mieux que ses aînés, pour qu'il n'y ait plus de Bourik Travay qui, dès l'âge de douze ans, porte toute la journée des poids harassants, sans jamais souffler et puis finalement, le néant... En quelques secondes... À quoi tout cela a-t-il servi?... Qui se joue d'eux?... Un dieu mauvais? Ou le hasard simplement, qui s'obstine comme il le fait parfois lorsque le dé a décidé de ne plus donner qu'un seul chiffre, toujours le même, celui qui porte la poisse? "Nous ne pouvons pas rester ici." C'est le Vieux Tess qui vient de parler. Si quelqu'un d'autre avait prononcé cette phrase, on se serait récrié, on aurait expliqué que non, qu'il suffisait de se retrousser les manches, que cela prendrait du temps, bien sûr, mais qu'on y parviendrait et qu'en attendant, on dormirait ici, parce que chez Fessou, c'était chez eux. On aurait dit cela et bien d'autres choses, sans vraiment y croire mais avec véhémence. Mais c'est le Vieux qui a parlé et chacun sent qu'il dit vrai. "Avec les petites englouties, juste en face... Je ne peux pas rester ici." Il se lève, entre dans le bâtiment à demi effondré et chacun a le sentiment qu'il contemple l'endroit pour la dernière fois. Du regard, il dit adieu aux souvenirs de Mary, à la lettre qu'il ne retrouvera jamais. Hier encore, ils vivaient, buvaient, échangeaient des plaisanteries. Hier encore, ils découvraient Lucine à la beauté sombre, épaisse, et écoutaient, le sourire aux lèvres, les récits de Ti Poulette, Ti Sourire et Lagrace. Hier encore, le Vieux Tess se voyait finir tranquillement, entouré d'amis. Il savait que sa fin était proche et il était fier d'avoir construit un endroit qui lui ressemblait, où il serait content de mourir, là, avec ses amis à ses côtés, Saul, Pabava, Boutra. Hier encore, la mort douce d'un Romain qui se tourne vers ses amis et les remercie avant de s'ouvrir calmement les veines. Hier encore, Fessou avec les souvenirs de milliers d'étreintes. On avait joui, ici, pendant des années, à toutes les heures du jour et de la nuit. On avait embrassé goulûment des seins, parcouru de la main des ventres sous des chaleurs tropicales ou pendant d'interminables averses. Il dit adieu à sa longue vie de souvenirs. Puis, la voix de Saul résonne : "Allons voir si la maison Kénol a tenu... Là-bas, il y aura de la place pour tout le monde." Le petit groupe se met alors en marche, tristement. Boutra, Saul et Pabava portent Lagrace. Le Vieux Tess suit derrière comme un chien fatigué. Et Saul ne pense qu'à une chose : si Lucine vit encore, c'est là-bas qu'elle ira, et il supplie la terre de ne pas l'avoir tuée, sans quoi, il le sait, il n'y aura plus de place pour lui dans le monde.

Lorsqu'ils arrivent devant la maison Kénol, il leur semble, un temps, que le tremblement de terre n'a pas eu lieu. Rien n'a bougé. La vieille bâtisse gingerbread est intacte. Elle est simplement plongée dans l'obscurité. Dans le parc, un quenêpier s'est effondré mais tout a conservé son calme. Saul prend les devants. Il monte les marches quatre à quatre en se rendant compte qu'il a peur de ce qu'il va découvrir. La vieille Viviane qui ne lui dit rien d'autre que ce qui le blesse, il redoute de l'avoir perdue. Cette femme qui ne lui est rien, cette femme qui fou-droyait Douceline du regard parce que c'était une boniche illettrée, parce que c'était elle que le vieux Raymond aimait trousser, cette femme est de son sang. Il le sent dans l'inquiétude qui le porte.

Arrivé en haut des escaliers, il se fige. Sur la ter-rasse, deux silhouettes sont là, immobiles, face à lui. La vieille Kénol est dans sa chaise à bascule et, à ses côtés, sur un petit tabouret, légèrement en retrait, Dame Petite, attendant un ordre ou un signe du ciel. Telles une princesse africaine et sa suivante. Elles ne bougent pas, restent calmes, comme si elles regar-daient la civilisation crouler sans ciller.

— Viviane ? dit-il.

Elle met du temps à répondre. Il semblerait presque qu'elle n'ait pas entendu. Puis, avec une voix douce de femme que les tempêtes n'impressionnent plus, elle lui dit :

— Installe tes amis dans les chambres du haut, Saul, et poussez la grande table du salon, ils vont être nombreux à venir nous rejoindre.

X

LUCINE ET SAUL

La première nuit est passée, lente, étrange comme un songe. Si peu d'hommes et de femmes ont réussi à dormir. Une nuit qui s'étire, où le peuple entier de la ville somnole, aux aguets, attendant les lueurs du jour comme s'il pouvait y avoir dans l'apparition de l'aube une protection quelconque contre le gronde-ment de la terre. Ils ont traversé cette première nuit comme une épreuve, craignant, à tout instant, que quelque chose ne surgisse qui les mette à nouveau à mal. Minute après minute, ils ont compté les pas lents de la nuit, jusqu'à ce qu'elle s'en aille enfin et leur rende leur ville. Ceux qui avaient réussi à dormir malgré tout se sont levés, le regard un peu brouillé, et ont sursauté en redécouvrant les gravats partout. Les coqs ont chanté. Il faisait frais. Et les rumeurs ont couru. Elles ont enflé rapidement et bientôt, dans les rues de Port-au-Prince, elles sont reprises et commentées sans fin. On dit que les secours arrivent. Qu'il est interdit d'enterrer les morts. Qu'il y aura une distribution d'eau, ce matin, à Canapé-Vert et peut-être même à Turgeau... Il est impossible de savoir ce qui est vrai et ce qui ne l'est pas.

Saul se passe les mains sur le visage. Il s'est assis sur les marches de la terrasse mais il ne tient pas en place. Il se relève. "Si je reste à ne rien faire, dit Saul, je vais devenir fou." Pendant toute la nuit, il a repensé à la même chose. Et Lucine? Où est-elle? Envolée? Il utilise ce mot car il ne veut pas prononcer l'autre : Lucine écrasée, broyée. Il se lève. Des vies ont été englouties qu'on ne retrouvera jamais. Et il n'a aucun moyen de savoir si Lucine fait partie de celles-là. Les rumeurs courent, arrivent jusqu'ici puis repartent, se modifient sans cesse. On dit que Léogâne n'existe plus. Que là-bas, Goudou Goudou s'est bâfré, dévorant tout, engloutissant les hommes, les voitures, les maisons, jusqu'à en avoir plein la bouche puis tout recracher et recommencer à nouveau. On dit que Jacmel est éventré. Mais aucune nouvelle de Lucine. Il fait quelques pas, sort du jardin et arpente un peu la rue. Ici, les morts sont toujours plus nombreux. On extirpe des corps, mous, désarticulés, blanchis par la poussière. On les dépose sur la route, les uns à côté des autres. Les premiers Blancs sont arrivés. Des bruits d'hélicoptère ont fait trembler l'air du matin. Dans les montagnes de gravats, ils cherchent et fouillent avec minutie. Ils sont venus avec des chiens, harnachés comme des spéléologues, et se lancent les uns les autres des ordres que personne ne comprend. Parfois – mais c'est rare – ils dégagent un corps encore vivant et tout le monde alentour se met à chanter. Mais les autres? Ceux qu'on ne retrouvera jamais? Les disparus? Combien de temps faudra-t-il pour que les familles cessent de croire à leur possible retour, que les mères cessent de se lever en pleine nuit, à chaque bruit de rue? Il sent que ces idées vont le consumer.

Il doit faire quelque chose, ne plus se laisser en paix une seule seconde. À partir de maintenant, il ne doit plus penser, plus attendre, il ne doit plus se laisser le temps de croire ou d'espérer.

Lucine s'est levée. Elle redécouvre avec le jour l'immensité de la foule qui se presse sur le Champ-de-Mars et en reste bouche bée. Elle a dû dormir, blottie contre des corps qu'elle ne connaissait pas, partageant avec des centaines d'autres la chaleur de cette place immense devenue dortoir sous les étoiles. Elle voudrait se passer de l'eau sur le visage, se peigner, mais elle ne peut pas. Elle se sent faible. Ses jambes hésitent sous son propre poids. Elle ne dit rien à ceux qui l'entourent, juste un petit signe de la main pour dire au revoir. Toute la ville est faite ainsi depuis hier : des gens qui se croisent, se parlent, s'aident et se laissent ensuite – chacun retournant à sa vie. Elle quitte le Champ-de-Mars d'un pas lent, un peu vacillante de sommeil. Elle regarde les centaines de corps qui l'entourent, certains allongés, d'autres assis. Est-ce que tout va finir par redevenir comme avant – chacun retrouvant son existence, un peu plus cassée, un peu plus empoussiérée mais tout de même – ou est-ce que désormais rien ne sera plus possible et que tous ces gens ne pourront rien faire d'autre que d'errer dans les rues, jusqu'à être vieux et s'asseoir sur les bas-côtés de la route, refusant toujours d'entrer dans les maisons de peur qu'elles ne les avalent ? Elle prend la direction de la rue Monseigneur-Guilloux et de l'hôpital de l'université. Elle veut retourner chez Fessou, revoir Saul et les amis de là-bas. Si ce monde-là existe encore, il lui suffira. Si elle peut retrouver la petite pièce de chez Fessou et la terrasse où elle jouait aux dominos dans l'air chaud du soir, le monde entier sera sauvé.

Saul et Jasmin font un tour dans le quartier. Ils vont d'un groupe à l'autre, s'arrêtent parfois pour parler à un inconnu, proposant de l'aide là où ils peuvent : transporter un matelas sur le trottoir, retourner chercher des couvertures dans la maison d'une vieille dame qui a peur d'y pénétrer. Aller d'un point à l'autre de la ville, saluer ceux qu'ils croisent, s'enquérir de ce que l'on peut faire, apprendre des nouvelles et en donner. C'est comme si tout le peuple de Port-au-Prince se connaissait. Pour combien de temps encore ? Combien de jours durera cette fraternité des rues ? Ils vont d'un groupe à l'autre et plus ils marchent, plus ils sentent qu'ils aiment ce pays. Pour tous ces vieillards brisés qui les remercient de l'attention qu'ils leur ont portée et gardent leurs mains dans la leur sans plus les laisser repartir. Ils l'aiment pour toutes ces femmes du peuple, épaules larges et avant-bras d'hommes, qui s'activent et cherchent de l'eau, des sacs de riz, appellent des voisines, s'organisent, distribuent, veillent sur des enfants qu'elles continuent à coiffer comme si la vie ne s'était pas arrêtée. Ils l'aiment pour les silhouettes presque inertes qui gisent sur un bord de rue, de tout âge, hommes ou femmes qui n'ont plus de parents, plus de maison et qui, au fond des yeux, ne semblent plus ressentir de douleur parce qu'ils sont trop loin. Ceux-là, qui s'en souviendra ? Ceux-là, ils avancent encore un peu, titubant du choc qu'ils viennent de subir, mais ils ne vivront plus. Lorsque les forces les quitteront, ils s'arrêteront définitivement et mourront sans même gémir. Ceux-là sont les ombres dont l'Histoire est faite, même plus des individus, non, des ombres sans nom, sans passé, qui ne parlent à personne. L'Histoire les avale, les mâche, s'en nourrit, les absorbe sans rien dire, pas une vie, non, juste une durée. Ils disparaîtront sans que nul ne le sache, et lorsque Saul et Jasmin s'approchent pour parler simplement à l'un d'entre eux, ou prodiguer quelques conseils, ils ne répondent rien, comme si tout cela ne les concernait plus, et ils s'en vont, sans violence, en tournant le dos, levant un bras au ciel pour saluer ces hommes qui leur ont parlé ou pour dire, juste, en silence : "J'ai été… Souvenez-vous, j'ai été… Et le monde s'en moquait…"

Lorsque Lucine pénètre dans la rue de l'école des Arts, la foule est en colère. Les visages sont durs. Tout le monde s'est regroupé autour de deux fonctionnaires. Lucine s'arrête et regarde. L'ordre a été donné de ne plus enterrer les morts. Les morgues ne savent plus où donner de la tête. Il n'y a plus de bois pour faire des cercueils. Les cimetières sont pleins et débordent. Les autorités parlent du risque qu'il y a à laisser ainsi les corps sur le bas-côté de la route. Il faut creuser des fosses communes dans les quartiers et ne pas tarder. Les gens s'énervent. Ils ont besoin de colère. Cela leur fait du bien après tant de terreur. Alors, ils insultent l'État, la ville, les autorités, ils insultent les fosses communes et la chaux, ils se récrient que, non, jamais, qu'ils honoreront leurs morts!… Les plus vieux roulent des yeux furieux et invoquent les Loas. "Vous allez courroucer Baron

Samedi*!" Ils parlent de Gédé Nibo et Gédé Fouillé** qui siffleront de colère en voyant qu'on les dépouille de leur travail. Ils évoquent Madame Brigitte*** qui châtiera ceux qui ne plantent pas une croix pour chaque cadavre. Tout le monde crie mais, au fond, ils savent qu'ils ne pourront faire autrement et c'est contre cela qu'ils s'énervent. La rage de devoir céder. Pas devant les deux fonctionnaires, mais devant la mort qui ne laisse le temps de rien, la mort qui ne veut pas que l'on nettoie les cadavres, qui ne veut pas qu'on les chante et les pleure, la mort qui va leur imposer de jeter des corps que personne n'a encore identifiés dans une fosse qu'ils recouvriront de chaux en pleurant.

Saul a une idée. Il connaît le docteur qui dirige le centre de Martissant. Si des médicaments sont arrivés, ils en auront peut-être reçu là-bas et il veut voir s'il peut être utile. Sur le chemin, il se surprend à scruter chaque femme, chaque visage. Partout il veut voir Lucine. Et il sait que Jasmin fait de même. Il cherche le facteur Sénèque des yeux, là, dans la foule pressée des rues. Jamais les hommes ne se sont autant regardés sur les trottoirs de Port-au-Prince, car tout le monde cherche un ami ou un voisin. Partout, les hommes se touchent, s'étreignent, les hommes se souhaitent de la force et du courage, de frère à frère, car en ces jours, tout le peuple de Port-au-Prince a le même père, et c'est le malheur.

* Figure du vaudou qui règne sur les morts.
** Esprits vaudous.
*** Esprit vaudou, femme de Baron Samedi.

Lorsque Lucine arrive devant chez Fessou, elle s'immobilise. Son cœur se rétracte. La première chose qu'elle voit, c'est le bâtiment à moitié effondré. Elle pense que tout est fini. Que Saul et les amis sont là, sous les pierres et qu'elle n'a plus qu'à retourner à sa vie de malheur. Mais très vite, elle distingue une jeune femme de dos, qui regarde, elle aussi, la maison, immobile. Elle s'approche. La sentant arriver dans son dos, la jeune femme se retourne avec un mouvement lent des épaules. C'est Ti Sourire. Lucine la reconnaît. Elles se sont vues la veille du séisme, lors de cette longue nuit de partage, chez Fessou. Lucine a envie de l'embrasser, de bondir, de tout lui raconter. Mais la jeune femme reste étrangement calme. "Ils ne sont pas là", se contente-t-elle de dire. "Tu es blessée ?" demande Lucine qui vient de remarquer le sang séché sur le front de la petite et le long de son bras. Ti Sourire la regarde, sourit doucement et lui dit en tremblant : "J'étais sous les décombres."

En arrivant devant le centre de Martissant, Saul pense qu'il va renoncer. Une foule épaisse se presse déjà devant les grilles de la porte d'entrée de l'hôpital. Tout le monde appelle, gémit, supplie. Ils sont venus ici, comme lui, chercher des compresses, un peu de désinfectant, n'importe quoi pour soulager leurs proches qui ont été blessés. Il est sur le point de partir lorsqu'il tombe nez à nez avec le Dr Boutricart. L'homme vient de sortir par une porte discrète du bâtiment d'en face. Ils se saluent. Saul demande au médecin si sa famille est saine et sauve. "Grâce à Dieu, oui", répond l'homme. Et puis, il lui parle d'une voix de fugitif. "Je n'en peux plus, Saul... Je n'ai pas dormi depuis le séisme... je ne sais plus où donner de la tête... Partout... Partout, on m'amène des blessés... Tout le temps..." Il montre à son ami la porte d'où il vient et lui explique qu'il a tout transféré là, en cachette, pendant la nuit. Sans quoi, il ne pourrait aller et venir. La foule bloque l'entrée de l'hôpital. Alors Saul ose. Il demande des médicaments, pas grand-chose, ce qu'il a, des pansements, n'importe quoi... Il veut aider lui aussi. Les gens de son quartier... Il pense que Boutricart va dire non, prenant son air désolé pour lui expliquer qu'il ne peut pas faire une chose pareille, mais ce n'est pas ce qu'il fait : "Tout ce que tu veux, Saul... dit-il simplement. Les Américains sont passés me dire qu'ils m'apporteront des caisses de médicaments... J'en aurai trop... Je ne m'en sors pas tout seul..." Alors, ils entrent dans la petite pièce remplie de caisses et de sacs, et Saul et Jasmin chargent tout ce qu'ils peuvent sur leurs épaules.

Lucine a pris la main de Ti Sourire dans les siennes et la jeune fille, maintenant, n'arrête plus de parler, ses mots coulent. Elle raconte. Pendant de longues heures, atroces comme un supplice, elle s'est demandé si elle allait mourir là, asphyxiée et à bout de forces, avec, au-dessus de sa tête, le bruit lointain des sauveteurs qui ne la trouvent pas. Les muscles compressés. La langue sèche. La nuit, tout autour, qui ne cesse de croître, et plus la force de pleurer...

— Je ne pouvais plus bouger... La poussière dans les yeux... Les pierres dans la chair... Ça a duré...

Je sentais Lagrace au-dessus de moi... Je ne pouvais pas la toucher mais j'entendais sa respiration... Lorsqu'ils l'ont sortie, j'ai cru que j'étais sauvée... Mais moi, ils ne m'ont pas trouvée tout de suite... Je n'étais pas loin pourtant. Juste là... À quelques mètres... J'ai appelé, je crois... Je ne sais plus... Je n'avais plus de force... Personne n'est venu...

Et puis, elle ajoute :

— Je crois que ce sont les morts qui m'ont aidée.

Elle ne sourit plus. Elle le dit vraiment. Elle répète, avec une voix basse, étrange :

— ... Ti Poulette est morte, ils l'ont remontée après moi... Un corps sans vie, disloqué... Et pourtant, je l'ai sentie... J'en suis sûre... Elle m'a poussée... je la sens encore là... Dans le dos... C'est comme ça qu'ils m'ont trouvée, ce matin, les sauveteurs... Ma main dépassait... Je n'avais plus de forces mais Ti Poulette m'a poussée pour que je voie le monde à nouveau.

Sur la route du retour, Saul et Jasmin marchent vite, craignant que quelqu'un ne les montre du doigt en hurlant "Ils ont des médicaments !" et que la foule, d'un coup, se mette à les poursuivre. Ils remontent la rue Capois sans s'arrêter. La ville est un charnier d'éboulis. Des corps gisent çà et là, dont on ne sait que faire. Sur certains, des gens du quartier ont disposé un drap mais d'autres restent au sol comme des poupées inertes, laides dans la mort, la peau froide écorchée par le bitume. Ils traversent ces rues et à chaque corps, ils jettent un coup d'œil, terrifiés, pour voir s'ils ne connaissent pas les gisants. Saul court pour retrouver au plus vite la maison

Kénol et le sentiment de son utilité. Face à la grande bouche ouverte de la terre, il va se battre. Avec ses pansements et ses points de suture. Avec ses petites armes d'homme, il bataillera de toutes ses forces. Il faut que le combat commence le plus vite possible car c'est la seule chose à laquelle il puisse s'accrocher, dans cette ville désastre : soulager les hommes, même petitement, même dérisoirement.

C'est comme si la foule stationnée devant la maison Kénol avait senti que Saul revenait et qu'il avait trouvé des médicaments. C'est comme si ces hommes et femmes, sans échanger un mot, avaient compris que le jardin allait s'ouvrir. Un petit groupe s'est constitué devant les grilles. Des amis du quartier, des inconnus, des âmes errantes… La vieille Viviane est sortie dans la fraîcheur du matin. Elle a scruté de loin ces silhouettes peureuses et elle a dit : "Il faut trouver des couvertures. Que tout soit prêt lorsque Saul reviendra…" Elle a lâché ces mots du bout des lèvres – comme si tout cela ne la concernait que de loin. Elle a regardé cette petite foule comme une impératrice regarderait son peuple meurtri. Et puis, elle est retournée s'asseoir dans le fauteuil à bascule qui lui sert de pendule face à la mort, levant le bras un instant avec l'idée d'appeler Dame Petite pour lui demander d'apporter une citronnade, puis se ravisant, se souvenant peut-être qu'il n'y a plus d'eau, plus de citronnade, plus rien, et que dans ce monde cassé, ses ordres d'impératrice ne peuvent que se perdre.

Arrivée à Pacot, Lucine s'arrête, regarde autour d'elle et fronce les sourcils. Elle s'est perdue. Elle s'en veut. Ti Sourire ne dit rien. Lucine se mord les lèvres. "C'est ridicule, murmure-t-elle… C'est là…" et puis elle montre le bout de la rue, elle voit que ce n'est pas là. Elle regarde autour d'elle, se rend compte que ce n'est pas cette rue. Elle est désolée pour Ti Sourire, surtout, qui marche avec peine. Elle a convaincu la jeune femme de l'accompagner parce que la maison de la vieille Viviane est sur le chemin de Jalousie. L'infirmière pourra souffler, boire un peu, dormir même avant de repartir vers son quartier d'origine. Mais pour l'heure, Lucine s'est perdue. Et elle ne sait plus jusqu'où elle doit rebrousser chemin, ni quelle rue elle a bien pu rater… Ses mains tremblent. Elle est nerveuse. Peut-être est-ce pour cela qu'elle s'est perdue. Parce qu'elle ne veut pas arriver dans la maison des Kénol. Et si Saul n'y était pas ? Et si on lui annonçait qu'il était mort, quelque part dans la ville basse, comme des milliers d'autres, enterré déjà avec un tas d'autres corps, ou jamais extirpé d'une montagne de béton ? Alors il n'y aurait plus rien. Sa vie, elle le sait, ne serait plus qu'errance. Si lui aussi a été avalé, alors, elle ira d'elle-même trouver une de ces crevasses qui balafrent les routes bitumées, elle y descendra et priera pour que la terre se referme derrière elle.

Saul donne des ordres et toute la maison s'agite. Dame Petite monte à l'étage et redescend sans cesse. Jasmin déplace les meubles pour faire de la place. Lagrace a insisté pour participer. Elle aide Saul à ouvrir les caisses de médicaments. Il n'y a pas grand-chose mais cela leur semble un véritable trésor. Saul va et vient. Il ne pense plus. Il y a tant de choses à faire. Où trouver de l'eau en quantité ? C'est ce qui le préoccupe le plus. Il faudrait essayer de voir si la vieille voiture de Raymond Kénol fonctionne encore. Avec elle, il pourrait aller à Pétion-Ville pour acheter des bonbonnes d'eau. Tant pis si cela coûte cher. La vieille Viviane a dit qu'elle paierait. Il sort sur la terrasse, commence à disposer, avec l'aide de Pabava, des couvertures sur le parquet et dans le jardin, soulagé de ne plus penser à rien.

Lorsque Lucine longe la grille du parc de la maison Kénol, elle ne voit que les groupes d'hommes et de femmes qui attendent qu'on leur permette d'entrer : femmes faisant téter leur nourrisson, grands-pères assoupis. Elle s'arrête. Elle a peur d'aller plus loin. Elle serait presque prête à rebrousser chemin. Ne pas savoir. Laisser la maison ainsi, avec la possibilité qu'il soit là, la possibilité juste, et repartir pour pouvoir vivre avec cette idée. Elle y pense. Mais elle ne peut pas. Alors, elle avance, emboîtant le pas à Ti Sourire qui s'approche lentement de l'escalier.

Lorsqu'elle le voit, de dos, discutant sur la terrasse avec Dame Petite, d'abord elle ne le croit pas. Elle voudrait crier mais elle ne peut pas. Elle avance encore. Et puis, il se retourne, comme s'il avait senti que quelqu'un arrivait dans son dos. Il est incapable de parler, incapable d'avancer, de l'appeler par son nom, de l'étreindre. Il la regarde, juste. Elle avance. Elle sait qu'elle ne redoute plus rien. Les heures qui s'annoncent où tout est à reconstruire, la recherche de Thérèse qui est peut-être morte, les enfants qui sont peut-être partis rejoindre leur mère, ou pire, qui errent dans les rues de Jacmel sans plus personne, elle ne redoute rien. Demain n'a pas de visage. Demain dont on ne sait pas comment faire pour qu'il ne vous affame pas, demain méchant, violent, qui vous tient éveillé la nuit est là, mais elle n'a plus peur.

— Si nous sommes là, en ce jour, malgré la ville effondrée, alors pour toujours. Dis-le…

— Pour toujours.

Elle prend son visage dans ses mains. Le contact de ses doigts le fait sursauter. Elle est si froide, revenue de si loin.

— Si tu es là, rescapé de l'horreur, alors la vie, dis-le…

— La vie.

Il ne bouge pas, laisse ses lèvres à elle se poser, s'appuyer, écraser ses lèvres à lui, et puis il l'enlace, de toutes ses forces, pour être sûr qu'elle soit bien là, Lucine, retrouvée, être sûr, Lucine perdue si longtemps dans une ville où les morts ne seront jamais comptés. Il l'enlace, pour que leurs deux corps se guérissent de tant d'absence et il lui murmure cette phrase qu'elle connaît parce qu'elle l'a à l'esprit au même moment, cette phrase qu'il dit pour sceller un pacte et qu'elle reçoit sans avoir à y répondre car c'est sa phrase à elle aussi, égale, prononcée par deux âmes en même temps.

Il y aurait dû y avoir de la joie. Des embrassades et des étreintes. Jasmin aurait dû crier. Lagrace aurait dû prendre Ti Sourire dans ses bras et pleurer de la voir là. Il y aurait dû y avoir de longs récits toujours recommencés, des sourires de soulagement profond, mais personne ne bouge. Ti Sourire a regardé Saul et Lucine s'embrasser. Elle a le visage étrange. Elle est restée au milieu du parc, comme si quelque chose l'empêchait d'aller plus loin. Tout le monde l'observe. Lagrace est tétanisée et Ti Sourire le voit. Le visage de son amie, là, qui n'exprime aucune joie, aucun soulagement, mais une sorte d'inquiétude profonde... Elle essaie alors de se regarder elle-même, elle lève ses propres mains au niveau de son visage, elle repense à ces heures sous les décombres, aux longues minutes qui ne finissaient pas, le corps tendu, le souffle court, elle se souvient de la chaleur qui émanait de Lagrace, malgré les éboulis, une chaleur de vie. Tout le monde attend qu'elle parle, tout le monde sait que ce qu'elle va dire, jamais personne ne l'a prononcé. Plus rien ne bouge. Alors elle la dit, cette phrase que tout le monde a sentie lorsqu'ils l'ont vue apparaître mais que personne n'a osé formuler, elle la dit avec une voix simple de jeune fille : "Je suis morte, je crois."

C'est Dame Petite, la première, qui rompt le silence. Elle fait quelques pas vers Ti Sourire pour que tout le monde la voie et se met à parler : "Je suis Dame Petite. Le plus souvent, je reste muette parce que le monde n'a pas besoin de mes mots. Ce que j'ai à faire, je le fais en silence. J'écoute. J'écoute tout le temps. Les poissons que je lave dans la bassine à l'eau légèrement rougie par le sang me parlent. Les feuilles qui bougent dans le vent me parlent. J'écoute. Et je vous le dis : les âmes courent. Le chant des coqs n'est plus le même depuis le tremblement. Tout est faille et poussière blanche. Le monde a changé. Et les

vivants ne seront plus seuls. Je vais me taire maintenant parce qu'il n'est pas bon de parler trop longuement mais ne doutez pas de ce que je dis. La mort a
ouvert la terre. Par curiosité peut-être. Ou par lassi-
tude, je ne sais pas. Mais je dis ce qui doit être dit :
longue vie les morts. Longue danse de vie à partir
de ce jour car, pour un temps que nous ne connaissons pas, ils sont parmi nous."

Les amis restent silencieux un instant, puis le
cercle se rompt. Ils s'élancent vers la jeune infirmière. C'est comme si les mots de la vieille servante
leur avaient rendu la joie. Lagrace court jusqu'à Ti
Sourire et l'embrasse. Elle est suivie de Boutra, de
Pabava et la jeune infirmière a l'air d'une statue que
tous veulent toucher pour être sûrs qu'elle est bel et
bien là, devant eux, échappée de la gueule du monde,
avec son sourire, léger, qui suffit à faire aimer la vie.

XI

LE PAYS DANS LES YEUX

— On ne peut plus attendre.

C'est Lucine qui vient de parler. Elle montre les silhouettes des hommes et des femmes qui se tiennent devant l'entrée de la grille. "Es-tu allé voir combien ils sont?" demande-t-elle à Saul. Non. Il n'est pas allé. Il y a toute une foule maintenant. Patiente. Adossée au mur. Ils sont venus à deux ou trois tout d'abord, timidement, demandant si c'était vrai qu'il y avait de quoi soigner les gens ici, si M. Saul était là… On leur a dit de patienter, de rester devant la grille, de ne pas entrer dans le parc parce qu'on était en train d'aménager les choses justement, et c'était ce qu'ils voulaient entendre, oui, il y aurait des pansements, des médicaments peut-être, quelqu'un pour vous dire quoi faire, des mains qui se poseraient sur la plaie, avec douceur et assurance… Oui, il y aurait une voix pour dire "Ça va aller", ou "On va s'occuper de cela" et ils pouvaient attendre, alors, des jours entiers s'il le fallait. L'essentiel était qu'ils ne s'étaient pas trompés et que quelqu'un allait les examiner, les regarder. Et puis, il en est venu de plus en plus. Et ceux qui arrivaient prenaient leur place dans la queue, soulagés de voir qu'il y avait bien une queue, qu'on ne leur avait pas menti. Le long du mur qui entoure le jardin de la maison, une longue file d'hommes et de femmes s'est constituée. Saul n'avait pas vu qu'ils étaient tant. Il les regarde, ces fracassés de la vie. Il sait d'emblée qu'il ne pourra pas tous les soigner. Il a reçu si peu. Mais il sait également qu'il va les laisser entrer, un par un, pour essayer chaque fois de faire ce qu'il pourra. Il les laissera entrer parce que pour beaucoup, voir quelqu'un, pouvoir parler, raconter la mort de ceux qu'ils ont perdus, pleurer, parler à nouveau et pleurer encore, ce sera un profond soulagement... Il va leur ouvrir à tous pour qu'ils aient le temps de s'asseoir, de dire ce qu'ils ont vécu, de montrer leurs plaies, et ce ne sera pas rien. Il retournera demain et après-demain au centre de Martissant, il essaiera d'avoir davantage. S'il était médecin, bien sûr, ce serait plus facile... Mais il n'a plus le temps de penser à ces années perdues, à sa fuite à La Havane, au diplôme avec lequel il n'est pas revenu, il n'a plus le temps, les gens attendent. Lucine est à ses côtés et il se sent fort de cela : tout ce qu'il fait, dorénavant, il le fait dans son regard à elle. Il retrouve sa force d'avant les blessures, l'énergie avec laquelle il visitait les bidonvilles. Est-il possible que l'urgence vous débarrasse de la difficulté d'être homme ? Qu'il y ait dans l'action face à la souffrance quelque chose de vif, de concentré qui vous soulage des tourments de l'inutilité et ressemble, une fois la journée passée, non pas au bonheur, mais à une sorte de satisfaction parce qu'on a fait peu, mais de toutes ses forces ?

Alors il fait signe de la main à la première personne – une vieille dame qui avance précautionneusement, aidée par sa fille, et toute la longue colonne des souffrants s'ébranle, soulagés de voir que les soins se rapprochent, qu'ils ont bien fait de venir, et que ce jardin qui s'ouvre devant eux sera peut-être bien le lieu où leur peine disparaîtra et où ils pourront souffler enfin, après de longues heures passées à serrer les dents de n'avoir plus rien.

— Mam' Viviane vous fait dire qu'elle voudrait vous voir.

C'est Dame Petite qui a prononcé ces mots, avec une sorte de solennité d'un autre temps. Saul la regarde. Maintenant?... Est-ce que c'est bien le moment?... Il sent que Dame Petite n'en dira pas davantage et que le mieux est de s'exécuter. Ti Sourire, Lagrace et Lucine installent les premiers arrivants sur les paillasses qu'ils ont disposées dans le jardin. Il a encore un peu le temps.

La vieille dame l'attend dans le salon du rez-de-chaussée. Les stores en bois ont été baissés et il règne une pénombre qui avale les objets, le contour des visages et donne à toute chose une saveur lointaine. Elle est là, la vieille Kénol, dans une chaise à bascule, régnant comme elle l'a toujours fait, sur un monde d'objets. Rien n'a changé, ici. Le temps a été suspendu. Les diplômes un peu jaunis de Raymond Kénol sont accrochés aux murs, à côté de la photo du début du siècle où les parents de Viviane souriaient à la vie sans savoir les révolutions, les tyrans, les départs et les morts... Ils ont encore le regard sûr de ceux qui pensent bâtir une vie sur leur seul nom. Elle a la tête légèrement penchée en arrière, les yeux plissés, plongée dans ses pensées, ou vivant dans le monde du passé qui ressurgit à chaque instant et l'emmène loin de cette maison où elle ne veut plus être. Saul approche. Son pas résonne dans la pièce. Elle baisse la tête doucement, se lève avec la lenteur d'une montagne, saisit une canne puis, lorsqu'elle est bien assurée, s'appuie de toute sa force et se déplie. Sa silhouette grandit. La petite Viviane, femme en fer qui ne baisse pas les yeux, petit bout de rien qui dicte à tous ses mots secs et tranchants. Une vie entière à commander ses employés, à régner sur sa maison. Ça se voit dans le regard, dans la stature de la tête et la force de la main qui s'agrippe à la canne. Elle est ailleurs, pense Saul. Il se demande ce qu'elle veut, se demande combien de temps cette entrevue étrange va durer, parce que les gens attendent dehors et qu'il est pressé… Et puis, elle se met à parler et il sursaute. La même voix que toujours, avec cette autorité profonde, comme si elle parlait aux statues et aux empereurs passés.

— Ça a toujours été toi, Saul. Le seul Kénol qui vaille quelque chose. J'enrageais. Je t'aurais noyé comme on noie une portée de chatons si j'avais pu. Il n'est plus temps de mentir. Je le dis et tu le sais. J'aime Auguste. Mais Auguste fait de l'argent et cet argent-là sera toujours du vent. Toi, tu portes le pays dans les yeux.

Elle marque un temps. Saul ne répond rien. Il est sidéré de la voir là, s'approcher de lui, comme un général en campagne qui ferait un dernier discours avant la chute inévitable.

— Lorsque tu as refusé notre nom, c'était comme si tu m'avais giflée. C'est pour cela que tu l'as fait d'ailleurs. Pas pour blesser le vieux Raymond. Tu l'aimais, lui. Non, pour te venger de moi. C'est normal. J'ai craché si souvent sur ta mère lorsqu'elle était à quatre pattes pour brosser le bois de la terrasse… Que voulais-tu que je fasse? Que je la prenne dans mes bras? Que je m'émerveille de la beauté de son cul et de la largeur de ses hanches? Je suis une Kénol, Saul, je crache lorsqu'on s'en prend à moi. Et ta mère, avec son silence obéissant, avec la façon qu'elle avait de se trouver toujours dans les pattes de Raymond lorsqu'il voulait la prendre, elle s'attaquait à moi…

Saul ne dit rien. La vieille Kénol a pris toute la place dans la pièce, malgré son corps chétif qui ne se nourrit plus que comme un oiseau, malgré ses joues creusées de vieillesse.

— J'aurais pu te foutre dehors. J'ai essayé. Si j'avais réussi, je n'en aurais éprouvé aucun remords. Les filles comme ta mère ne sont bonnes qu'à cela: aller de maison en maison, jusqu'à ne plus exciter le regard des hommes et pouvoir enfin rester. Mais tu as le pays dans les yeux. Le vieux Raymond l'a vu. À moins que ce ne soit Émeline. Oui, c'est elle la première. Elle t'a appelé "frère" et tu l'es devenu. Puis, Auguste a suivi parce qu'il a le cœur bon et que les conflits lui font peur. Il était plus facile de dire "frère" qu'"ennemi", alors il a dit "frère". Je les ai regardés t'ouvrir les bras et je me suis mordu les lèvres. Tant de nuits. Oui. À me mordre les lèvres pour cela. Je sais ce que tu penses. Que je suis en train de te dire que tu es un Kénol malgré le fait que je ne t'ai pas enfanté, malgré ta bâtardise. Tu te trompes. Ce n'est pas cela que je dis. Viens. Approche-toi. Ce que je veux te dire, c'est que tu es un Kénol parce que tu es mon fils. Par toutes ces heures où tu vivais dans ma maison, par tous ces êtres qui t'entouraient que j'avais élevés selon mes règles, par ce que tu mangeais qui avait été choisi par mes soins en cuisine, tu es mon fils. Cela t'étonne ? Tu te souviens de la haine, des regards de mépris. Qui a dit qu'il est besoin d'amour pour parler de mère et de fils ? Tu as jeté le nom des Kénol et tu as cru que cela suffisait. À Auguste l'héritage, les voyages d'affaires aux États-Unis, à Auguste le nom de notable et la vieille mère acariâtre et toi, tu prenais ta mère boniche que tu brandissais comme une appartenance politique, ta colère de bâtard pour soulever le monde ?... Mais tu es mon fils, Saul, malgré ce prénom que je ne t'aurais pas donné si cela avait été à moi de choisir. Tout cela n'a plus grande importance, maintenant, car le monde vient de crouler... Mais il ne sera pas dit que Viviane Kénol aura passé sous silence la vérité. Viens, approche-toi, je vais me taire maintenant... La fatigue est venue d'un coup, sais-tu, avec la poussière dans les rues. Toutes les années passées m'ont sauté dessus en quelques heures, je crois. Elles sont entrées en moi par les yeux. Je ne vois plus grand-chose, Saul. Je sais ce que tu vas faire : tu vas me demander si tu peux m'examiner, tu vas parler de collyre et d'autres choses, mais ce n'est pas cela... Je ne vois plus grand-chose et cela n'a pas grande importance. Je n'ai plus très envie de vivre. Il n'y a rien que je regretterai. Je vais me taire. Parce que les mots sont pour ceux qui croient encore au monde. Je vais me taire mais je l'ai dit une fois, Saul, malgré ta mère boniche aux larges fesses, malgré notre haine partagée l'un pour l'autre, tu es mon fils. Je l'ai dit. Va. Je ne te retiens plus. Va auprès de ceux qui t'attendent là-bas.

Il n'a rien répondu. Elle n'attendait aucune réponse. Elle a fait un petit geste de la main, désignant
l'extérieur et il est sorti. Dehors, il retrouve la foule
des hommes et des femmes qui entrent en claudiquant dans le jardin. Il n'a pas le temps de penser
à ce qui vient d'être dit, à tous ces mots, il ne peut
pas. C'est l'urgence, maintenant, et il y plonge avec
une sorte de délectation parce qu'il sait qu'elle va
éloigner de lui tout le reste. Il faut aller d'un corps
à l'autre, se pencher, écouter, coller son oreille sur
une poitrine ou sa main contre un ventre, essayer de
palper, d'apaiser. Des corps en souffrance. Des corps
qui ont été tordus, écrasés, brûlés, des corps qui ont
faim, qui sont tenus par la peur. Il faut s'approcher,
chaque fois, avec douceur et fermeté, comme un
homme qui aurait le pouvoir de faire taire la douleur. Il n'a presque rien, un peu de désinfectant qu'il
faut utiliser avec parcimonie, quelques bandages…
Il essaie de comprendre chaque douleur, chaque tor-
sion. Il demande si ça fait mal. Il demande "Depuis
combien de temps n'avez-vous pas mangé?" Il écrit
sur un petit carnet, répertoriant les noms et inscri-
vant à côté les maux dont on lui parle. Tout le reste
est effacé. Ils sont tous happés par l'action. Et cela
leur fait du bien. Il voit parfois Lagrace ou Lucine,
à la dérobée, examinant elles aussi un enfant ou une
mère inquiète, apportant un verre d'eau. Le temps
n'existe plus, ni la fatigue, ni la faim. Ils sont dans
l'urgence qui ne tolère aucun répit et ils s'oublient
eux-mêmes du bonheur d'être utiles, ne serait-ce
qu'un peu, ne serait-ce que pour quelques minutes,
le bonheur de soulager et de ne plus s'entendre soi,
de ne plus se laisser gémir, être tout entier dans l'action et sentir là qu'il y a un appui sur lequel on peut

construire une vie, quelque chose qui préserve de la folie. Il y a, dans l'action, un abri au vertige de l'inutilité, et ils y plongent ensemble, faisant de ce jardin peuplé d'accidentés le cœur qui bat de leur quartier.

Lorsque le Vieux Tess apparaît à l'entrée de la grille, tout le monde lève les yeux. Il porte dans ses bras le corps mou d'une petite Blanche. Elle a les yeux ouverts mais tous ses muscles semblent évanouis. "Saul!" dit-il avec force et personne ne pouvait penser qu'il y avait encore autant de vigueur dans ce vieil homme. Il n'a pas l'air essoufflé. Il ne cherche qu'un endroit où poser la petite Blanche. Il reste là, droit, et appelle à nouveau. "Saul!" Depuis combien de temps la porte-t-il ainsi?... Est-il remonté depuis le Champ-de-Mars avec la jeune fille blottie contre lui?... Saul accourt et dirige le Vieux vers une couverture sous un manguier que personne n'a encore occupée. Tess raconte, avec une voix essoufflée, qu'ils se sont rencontrés sur la place du Champ-de-Mars, qu'ils ont parlé d'abord, et longuement. Il voudrait dire à Saul tout ce qu'ils se sont dit pour qu'il sache qu'elle est comme eux, en colère contre le monde, et désireuse, en même temps, de le manger. Il voudrait lui raconter ce sentiment qu'il a eu, au fur et à mesure qu'elle parlait, elle, la petite Blanche descendue des quartiers riches, destinée à vivre tout à fait ailleurs, et à ne jamais s'adresser à des types comme lui, le sentiment qu'ils étaient pareils, malgré l'âge qui les séparait – une vie entière –, malgré la couleur de peau, la clinique de Miami d'un côté et le souvenir des années de plomb de l'autre, pareils, parce que tous les deux à bout de souffle, il voudrait dire cela, qu'ils sont dans une même agonie, l'un et l'autre, et désireux, pourtant, de tant vivre encore, de découvrir, car tout cela ne peut pas se finir si vite, ce n'est pas possible, elle n'a encore rien vécu, elle, ni le corps d'un homme, ni des conversations d'amis jusqu'au milieu de la nuit, elle n'a encore rien vécu et lui, il lui faudrait le temps de tout revoir, de tout embrasser, de répondre à Mary du Michigan, de boire encore, avec délice, en saluant la nuit. Ils sont tous les deux au bout, saisis du même vertige de voir que tout va s'achever, que leur désir de vie n'y changera rien parce que c'est le corps qui les lâche. Il voudrait dire tout cela, mais Saul regarde Lily et dit simplement :

— Je sais qui c'est… On va la ramener à Pétion-Ville.

Alors la jeune fille, d'un coup, se tord comme si on venait de la piquer dans le dos. Ses yeux roulent avec force. Pas cela. Non. Elle est descendue dans la ville, elle a dit adieu à tout le reste, pas cela… Elle va chercher la force de parler, et elle le fait, en agrippant la manche de son nouvel ami, le Vieux Tess, parce qu'elle sait que lui comprendra et que lui, sûrement, l'aidera à plaider sa cause si ses mots à elle ne suffisent pas. Elle dit non. Qu'elle ne retournera pas chez elle. Que sa mère ne l'attend plus et que c'est mieux ainsi. Elle dit qu'elle va mourir. Elle le sait depuis qu'elle est petite. Cela ne lui fait pas peur. Mais elle ne veut pas mourir derrière un rideau en plastique avec un masque à oxygène et des visiteurs autour d'elle à qui on aura demandé de mettre une blouse avant d'entrer dans la chambre. Elle ne veut pas mourir dans un silence triste d'hôpital où on aura sorti – dès le matin – le bidon de désinfectant pour nettoyer la chambre après elle, car il en sera d'autres qui attendront pour mourir avec ces mêmes gargouillis de pitié, entre ces murs qui sont des tombes, elle ne veut pas. Elle dit qu'elle a choisi de descendre dans la ville, au-delà de ses forces, usant même les dernières (et tant pis si cela doit accélérer sa fin), pour voir, sentir et mourir au milieu des bruits du monde. Plus que cela : elle veut mourir entourée de vivants. Elle le répète : entourée de vivants et Saul baisse les yeux parce qu'il sait qu'elle a raison, que sa vie est sur le point de s'achever et qu'elle a bien le droit à cela : la sueur du vivant, les rires, le chant des coqs indifférents aux malheurs des hommes. Elle a bien le droit à cela parce qu'elle est belle, la petite, plus belle aujourd'hui que dans sa chambre de riches qui la tenait prisonnière derrière une baie vitrée, elle est belle de tenir serré le bras de ce vieil homme qu'elle appelle son ami, alors il dit oui, en lui passant la main sur le front, mais cela ne suffit pas, elle a peur qu'il ne change d'avis lorsque son état s'aggravera, alors elle lui demande de promettre, et il promet, il ne la renverra pas chez elle, elle pourra rester là, sous le manguier, il dit oui, et elle sourit.

Le jour décline doucement. Les heures ont passé vite à compter la souffrance. Ils se retrouvent sur la terrasse. Chacun boit à petites gorgées la citronnade qu'a préparée Dame Petite. Ils sont là, assemblés à nouveau, dans une maison qui n'est pas la leur, partageant non plus les heures d'oubli de chez Fessou mais le dur combat contre le malheur. Et cela les rend plus forts. Pas heureux – comment prononcer encore ce mot ?… – mais plus forts d'être ensemble.

Il faut tenir. Et à chaque instant de répit, se parler, s'étreindre, manger ce que l'on a réussi à récupérer en le partageant, et parler encore, de la ville, des dernières nouvelles, de ce que l'on fera demain. L'avenir s'arrête à cela : demain. Et jouir peut-être – si cela est encore possible – de la saveur de ces entre-deux, avant qu'ils ne soient à nouveau harcelés par la vie qui cogne, qui bouscule, qui met tout à terre. Le bonheur, peut-être pas, mais Lucine regarde Saul et elle sait qu'elle est bien. Que ce qu'elle craignait par-dessus tout, de ne plus jamais le revoir, de ne plus jamais sentir ses mains sur son ventre, de l'avoir perdu, ce qu'elle craignait parce qu'elle savait que cela aurait signifié la fin de tout, lui est épargné. Alors elle mêle sa voix à celles des conversations. Elle se laisse emplir de l'odeur du parquet mélangée à celle des arbres du jardin, elle serre la main de Saul et prie pour que, demain comme aujourd'hui, il leur soit donné de vivre un de ces instants de repli, ensemble, rien que cela, et ainsi de suite, jour après jour, car la vie n'est plus que cela dorénavant : un pas prudent devant l'autre et l'avidité d'étreindre chaque instant.

XII

LE CADEAU DE VALENTINE

Lorsque Lucine a dit qu'elle allait au marché Salomon, Pabava a insisté pour l'accompagner. Ce soir, tandis que les autres buvaient leur citronnade, la vieille Viviane l'a fait venir auprès d'elle et lui a demandé si tous les gens qui étaient dans le jardin avaient mangé. Lucine a répondu que non. Alors la vieille dame a eu une moue de contrariété et elle a dit, avec une voix d'autorité : "Tant que je serai en vie, personne ne mourra de faim dans cette maison." Et puis elle est allée chercher de l'argent qu'elle cachait Dieu sait où… – dans une vieille boîte en fer ou sous un matelas – et elle a confié à Lucine la charge de rapporter du riz et des pwa*. Au moins ça, a-t-elle dit. De quoi nourrir la maison en riz kolé. Une ration chacun. Et elle a fait un geste vague pour bien montrer qu'elle ne parlait pas que d'elle et de Dame Petite mais de tous ceux qui étaient sur sa propriété, tous ceux que le malheur avait poussés jusqu'ici, lui confiant, pour un temps, ces fragiles destinées.

Pabava a dit qu'il aiderait à porter mais Lucine sait que ce n'est pas pour cela qu'il est à ses côtés. Il

* Haricots secs.

cherche encore. Comme tous ceux à qui il manque quelqu'un. Pabava n'arrive pas à rester dans la maison Kénol, si grande soit-elle. Il pense à son ami Sénèque que personne n'a encore revu. Alors, il fait comme tous ceux qui espèrent, il sort et fouille des yeux la foule, prononçant sans cesse le nom de son ami : "Sénèque ?… vous avez vu le facteur Sénèque ?…"

Lorsqu'ils arrivent à l'entrée du marché Salomon, Lucine est soulagée. Malgré le soir, il existe encore un peu de vie ici. Tout n'a pas été dévasté. Elle marche. Les vendeurs sont moins nombreux qu'autrefois. Avant le séisme, il était difficile de se frayer un passage dans les allées. Les yeux, le nez, tout le corps était bousculé de mille sensations. Et ça criait, ça poussait, ça suait en s'échangeant des gourdes. Elle se souvient des chapeaux de paille tressée à larges bords des vendeuses, assises à même le sol, devant leur panier d'ananas ou de mangues. Elle se souvient des pyramides de sacs de riz et de maïs de toute sorte, riz blanc, mayi moulu, mayi moulen, les femmes qui épluchent les poi France*, les tas de pwa rouges, blancs, beurre ou Miami, les étals de morue ou de harengs séchés, le cri des vendeurs qui semblaient défier le passant, les mouches sur les poissons capitaine qui flottaient dans des écuelles rougies de sang. Maintenant, les allées sont clairsemées. Quelques vendeurs, çà et là, vendent des fruits mais les prix ont triplé. La mangue coûte aussi cher qu'un poisson. Est-ce ainsi que les hommes vivent, se demande-t-elle, profitant de chaque épreuve pour

* Petits pois.

essayer de faire un peu plus d'argent ? Elle voudrait repartir, ne rien acheter pour ne pas céder devant cette hausse scandaleuse, elle voudrait ne plus rien manger pendant des jours, jusqu'à ce que tout redevienne normal, mais elle ne peut pas, alors elle avise la vendeuse de riz.

C'est à cet instant que Pabava lui agrippe le bras. Il est resté silencieux, derrière elle durant tout ce temps. Elle se retourne. Il est transfiguré. "Là…" dit-il. Et il montre une silhouette qui disparaît dans la foule. "C'est Sénèque…" murmure-t-il encore. Et avant que Lucine ait pu répondre, avant qu'elle ait pu mettre les grains de riz dans son grand sac et récupéré sa monnaie, il disparaît.

Firmin roule. Il fait sombre. Au bout de la rue, surgit la silhouette d'un homme qui agite les bras. Firmin freine et met au point mort. Ce n'est pas un militaire. Peut-être y a-t-il eu un accident un peu plus loin… Ou peut-être est-ce un ouvrier qui bloque la circulation pour permettre à un camion de faire une manœuvre… Il attend. L'homme s'est mis en travers de la route. Il a une lampe torche avec laquelle il éclaire le visage de Firmin, l'obligeant à lever sa main pour se protéger les yeux.

Pabava court. Il se heurte à la foule, demande pardon, se fraie un passage. Il est sûr de lui. Là-bas, à dix mètres, l'homme qui s'éloigne, c'est Sénèque, son ami… Il essaie de crier mais sa voix ne porte pas. Il faut avancer, le plus vite possible. Gagner du terrain. Il sort maintenant du marché couvert et s'enfonce dans les venelles du bidonville attenant. Son ami est entré par là. Il doit faire vite. C'est alors qu'il se passe quelque chose d'étrange. Si la silhouette qu'il essaie de rattraper n'avait pas ralenti, il l'aurait perdue. Il est impossible de rattraper qui que ce soit dans ce labyrinthe de tôle et de planches de bois où les rues sont parfois si étroites qu'on n'y passe qu'en avançant de côté. Mais il lui semble que la silhouette s'est arrêtée, qu'elle l'a attendu, oui, et qu'elle s'est même retournée. Il a cru voir son visage. C'était bien Sénèque. Il en est sûr. Pourquoi ne s'arrête-t-il pas?... Où veut-il l'emmener?...

Firmin ne se méfie pas. Il est sur le point de klaxonner pour que l'homme à la lampe-torche se pousse mais voilà qu'apparaît, plus loin, tout un groupe. Ils sont quatre ou cinq. Ils se rapprochent vite et entourent déjà la voiture. L'un d'entre eux donne un coup sur le capot, avec une masse ou un marteau. Firmin sursaute. Il ne voit pas distinctement les visages. Il va pour passer la première et forcer le passage, écrasant, s'il le faut, ceux qui ne se pousseront pas, mais il n'en a pas le temps. La portière a été ouverte et on le saisit par le col. Plusieurs mains l'agrippent. Sa tête tourne. Il a peur. Il n'arrive pas à garder les idées claires. On le frappe au visage, un coup de poing d'abord, qui lui endolorit la mâchoire, puis des gifles répétées pour qu'il n'ait pas le temps de reprendre ses esprits. Combien sont-ils à l'entourer? Il lui semble qu'ils sont toujours plus. Il y a tant de bras qui le malmènent, le poussent, l'agrippent. Il ne sent plus la douleur des coups. Ils sont six ou huit mais il en vient encore. Il y a des femmes, aussi. L'une d'entre elles, une belle femme aux cheveux épais, le toise et finit par lâcher, comme si elle crachait :

— Tu te souviens de moi, Matrak ?

Pabava a le souffle court. Il sent dans sa poitrine son cœur qui fait un bruit de forge. Mais il poursuit encore. Il arrive maintenant dans des rues qu'il ne connaît pas. Depuis combien de temps court-il ainsi ? Sur le trottoir, des vendeurs en tout genre ont sorti d'énormes paniers en osier dans lesquels ils ont déposé des fruits, des bonbons, des légumes ou des vêtements. Sur chaque panier, une ou deux bougies permettent d'éclairer la marchandise. De loin, on dirait une coulée de lumière. La foule est dense. Pabava met du temps pour remonter la rue. Puis il traverse. La silhouette est là, de l'autre côté. Cette fois, elle lui fait signe de la main. C'est bien à lui qu'elle s'adresse. Il ne peut plus en douter. "Sénèque ?…", crie-t-il mais l'autre ne répond pas. L'ombre de la nuit lui mange les traits mais Pabava est certain de reconnaître son ami. Où veut-il le mener ? Et pourquoi a-t-il le sentiment que plus les minutes passent et plus il s'éloigne du monde ?

Plus personne ne frappe Firmin maintenant. Il a le temps d'essuyer le sang qui lui coule de la bouche et de regarder mieux ceux qui l'entourent. Les assaillants s'approchent, calmement. Il les reconnaît. Sur le visage de la femme, il y a encore des traces de sang séché. Un des hommes est nu, le corps tuméfié de coups. Ils prennent le temps de le regarder et Firmin sait que ce qui va suivre va être terrible. Il s'entend poser la question "Qui êtes-vous?" – ce qui est absurde car il connaît la réponse – et la voix de la femme lui répond : "Tu sais bien, Matrak… Fort Dimanche… la cave… Valentine… Tu sais bien…" Elle a dit cela avec une sorte d'appétit qui fait peur. Oui, il sait, les morts sont de retour. Tout est noyé et le monde ne ressemble plus à rien. Oui, il sait, les coups qu'il a donnés, il va les recevoir et son corps de vieil homme n'y survivra pas. Les assaillants s'approchent, l'entourent de nouveau. Il sait que ce sont les dernières secondes avant que les coups ne reprennent, il se met en boule, essaie de protéger son visage. Il ne demande pas pardon ou pitié, tout cela n'existe plus et les coups tombent comme une pluie de grêle qui viendrait venger le passé.

La silhouette s'est mise à un coin et elle montre du doigt une rue légèrement en pente. Quelque chose, dans son immobilité, dit qu'elle ne veut pas être rejointe, qu'elle indique simplement une direction. Pabava hésite. Il avance encore un peu, jusqu'à être dans l'axe de la rue et regarde. Au bout, il distingue un groupe de gens. Ils sont peut-être six ou sept. Il hésite, regarde à nouveau la silhouette du facteur. Ce dernier oscille de la tête, comme pour l'encourager. Normalement, Pabava devrait renoncer. Il devrait sentir en lui la peur monter. Mais il y a quelque chose qui l'attend là-bas, il en est persuadé. Alors, il monte, laissant sur sa gauche la silhouette du facteur. Au fur et à mesure qu'il s'approche, il entend de plus en plus distinctement des voix. Il comprend maintenant qu'un homme est à terre et que d'autres tournent autour. Est-ce qu'il doit s'approcher? Il est sur le point de renoncer et de redescendre lorsqu'il aperçoit une silhouette de femme. Il approche encore. Il n'a plus peur. Il veut aller jusqu'au bout. La femme s'est décrochée du groupe. Elle a fait quelques pas dans sa direction et le regarde à son tour. "Valentine?…" Il a failli chanceler. Valentine? Elle est là, devant lui. Telle qu'elle était le jour où ils ont été amenés tous les deux à Fort Dimanche. Dans la même robe. Elle est là. Elle sourit. Est-ce qu'elle le reconnaît, elle aussi, malgré les rides et le vieillissement? Oui. Elle ne lui parle pas mais elle lui tend un collier. Un petit collier avec un pendentif en forme d'étoile. Il le prend dans les mains. C'est celui qu'il lui avait fait passer, à Fort Dimanche, trente-six ans plus tôt, en soudoyant un garde, ce jour où lui avait été libéré et elle pas. Il le lui avait fait passer pour qu'elle sache qu'il pensait à elle et qu'elle ne devait pas abandonner. Elle l'avait serré entre ses mains, ce pendentif, des heures durant, jusqu'à la mort, et maintenant, elle le lui rend.

— Pabava!… Pabava!…

C'est la voix de Lucine qui résonne au loin. Elle a réussi à retrouver sa trace, malgré l'obscurité, malgré le labyrinthe des rues, demandant partout où était passé le vieux monsieur en costume. À moins que ce ne soit l'ombre du facteur qui l'ait aidée à son tour. Elle est au bout de la rue. Elle crie parce qu'elle voit un groupe qui entoure son ami et qu'elle a peur pour lui. "Viens, Domitien…" C'est Valentine qui lui a parlé avec sa voix de femme de trente ans. Elle lui tend la main. Il sait ce qu'elle demande. Qu'ils s'enfuient, tous les deux. Dans la nuit. Puisque la terre est ouverte. Qu'il aille avec elle. Est-ce que cela serait mourir? Il n'en est pas certain. Valentine est là, retrouvée. Elle lui tend la main. Que laisse-t-il derrière lui? Un monde écroulé? Il voudrait prendre le temps de dire au revoir à Lucine, de lui demander d'expliquer aux amis de Fessou qu'ils ne doivent pas pleurer, qu'il disparaît avec bonheur. Il voudrait lui demander de leur dire à tous qu'il a retrouvé Valentine et Sénèque, que si la terre est ouverte, alors il est permis de s'enfuir, mais il ne fait rien de tout cela, il fait simplement un signe de la main pour que Lucine voie qu'il part sans violence et il s'en va avec le groupe d'ombres, plein d'allant, plongeant dans la nuit avec délice.

À l'instant où elle passe une dernière fois devant le corps de Matrak, Valentine s'arrête. Elle se penche sur lui, met un genou à terre et prend sa tête par les cheveux pour le forcer à la regarder dans les yeux, puis elle dit, avec une voix dure de lame de couteau.

— Tu vas durer, Matrak. Tu entends?... Tu ne vas pas mourir. Ni dans un monde ni dans l'autre. Écoute... La femme qui vient te relèvera, t'aidera à t'éponger le front et à retourner à ta voiture, regarde-la bien, Matrak. C'est ta maîtresse désormais. Un jour, tu la serviras. Un jour que tu reconnaîtras, tu te mettras à son service jusqu'à la fin du monde. Tu seras le cocher de ses nuits. Tu m'entends, Matrak?... Sans plus jamais rien vivre d'autre que ses volontés à elle. Cette femme, qui vient, c'est ta maîtresse. Et ne crois pas que ce sera pour toi le moyen d'obtenir ta rédemption. Non. Il n'y a pas de rédemption.

Juste cette femme à qui tu obéiras. Car à partir de maintenant, Matrak, à partir de cet instant où je te laisse sur le trottoir, tu n'es plus qu'un chien perdu dans la ville…

Et puis elle lâche la tête du vieil homme qui retombe sur le trottoir avec un bruit sourd, elle se relève, contemple Lucine qui s'approche doucement, et, lui cédant la place, disparaît dans l'autre monde avec Pabava qu'elle emmène à sa suite.

Cette même nuit, on entend gratter aux portes des maisons qui tiennent encore debout. Cette même nuit, des pierres sont jetées et l'on entend, de-ci de-là, des bris de verre. Les habitants sortent, scrutent la rue, mais ne voient rien. Ils retournent à l'intérieur, pensant avoir rêvé. Mais cela revient. Et les vieilles femmes sont les premières à comprendre. Baron Samedi a lâché ses esprits. Ce sont eux qui griffent les portes en bois. Ce sont eux qui cognent contre les murs comme s'ils voulaient finir ce que Goudou Goudou a commencé. Les fossoyeurs de Baron Samedi gémissent, Gédé Fouillé creuseur de trous, Gédé Loraj, protecteur des morts violentes… Ils grimacent et tapent du poing parce qu'on leur a volé leurs morts. Les vieilles le disent et on sent, à leur moue, qu'elles leur donnent raison. Les fosses communes sont une insulte. Et tout sera sens dessus dessous. Il faut creuser dans la terre un trou par homme. Et que les croix soient mises. Que le nom du défunt soit prononcé et que chacun puisse partir avec son manje-limo, le repas de l'au-delà, sans quoi, Gédé Fouillé et Gédé Loraj taperont encore et ce sera le tourment.

Cette même nuit encore, alors que les habitants referment la porte en se signant, que les rues se vident parce qu'on a peur de traverser les carrefours et d'être enlevé par Madame Brigitte, cette même nuit, dans une rue sans lumière, de celle qui ne porte pas de nom, une femme marche, d'un pas claudiquant. Elle porte une minijupe qui laisse voir de belles jambes, mais elle est pieds nus et traîne son sac à main derrière elle, sur le bitume. Elle avance, incertaine, souriante comme si elle était ivre.

— Je suis Nine... Vous vous souvenez de moi?...

Elle parle aux branches des arbres et aux poules qui fuient à son passage.

— Moi, les hommes, je les aime tous, mais ils me font du mal...

Elle se décoiffe les cheveux. Elle est belle malgré son T-shirt déchiré et les traces de terre qui lui souillent le front.

— Moi, les hommes, je les veux. Je leur dis. J'aime comme ils me regardent... Nine, la chienne... Moi, les hommes, je les laisse me parler, je les laisse me toucher... Il y en a tant...

XIII

LA CHAISE À BASCULE

XIII

LA CHAISE À BASCULE

— Le Vieux Raymond m'a dit qu'il ne voulait plus être allongé.

Jasmin suspend son geste et laisse retomber la pelle au sol. Boutra, à ses côtés se retourne aussi, surpris par cette voix. Cela fait presque une heure qu'ils creusent tous les deux ce trou à l'arrière de la propriété. C'est Saul qui leur a demandé de le faire. Il a dit qu'il fallait un endroit où enterrer ceux qui ne survivront pas. Ils ont vu dans ses yeux qu'il pensait à la petite Blanche : elle est à bout de forces. Elle ouvre les yeux avec effort et parle aux ombres, tout bas. Mais il y en aura d'autres. Au fil des jours. Il y en aura d'autres, c'est certain, et pas uniquement la petite Blanche qui respire maintenant comme un chaton, souffle court, poitrine écrasée. Il y en aura d'autres et le grand cimetière de la ville est fermé. Pour ceux qui mourront dans les jours à venir, ce sera les fosses communes aménagées çà et là par la municipalité. Empilement de corps désarticulés qui se raidissent les uns sur les autres dans une horrible couleur de chaux. Saul a demandé à ce qu'ils creusent quelques emplacements, là, derrière, pour éviter cela. Ils sont tous les deux, torse nu, le corps en sueur. Ils ont travaillé en silence et d'un coup, cette voix les a fait sursauter. Ils se retournent. La vieille Viviane est derrière eux, immobile. Elle regarde le trou qu'ils sont en train de creuser, puis elle ajoute :

— J'en ferai un, moi aussi… Si vous voulez bien me laisser la pelle lorsque vous aurez fini…

Alors Jasmin s'approche. Il s'essuie le front et murmure avec douceur comme s'il ne voulait pas brusquer un enfant :

— Mais Mam' Viviane… vous savez bien ?

— Quoi ?

— Monsieur Raymond… je veux dire… vous savez…

— Qu'il est mort ? Oui. Bien sûr que je le sais. Qu'est-ce que vous croyez ? Depuis un bon bout de temps même. C'est pour cela justement. Allongé durant toutes ces années, il m'a dit qu'il n'en pouvait plus…

Et elle poursuit en racontant que, depuis deux jours, il lui parle.

— C'est à cause des failles dans la terre, dit-elle. On les entend mieux.

Elle explique que Raymond est venu se plaindre. Elle lui a dit de se taire d'abord, qu'elle ne tarderait pas à venir le rejoindre et qu'ils auraient tout loisir de parler mais il a insisté. Il est revenu. Il a supplié. Il veut être enterré assis. Sur une chaise. Comme ça. Face à la maison. D'abord elle a répondu en levant les yeux au ciel mais au fond, pourquoi pas… C'est pour cela qu'elle est venue. Elle commencera aujourd'hui. Elle prendra tout son temps. Une ou deux pelletées par jour, pas plus. Et lorsqu'elle aura fini, lorsque le trou sera assez grand, elle fera chercher la dépouille de son défunt mari au cimetière, demandera à ce qu'on descende sa chaise à bascule à elle aussi, pour se mettre à côté, et il sera temps de mourir.

Depuis ce matin, il y a une odeur étrange dans le jardin. Il ne fait pas encore chaud mais les plantes dégagent un parfum lourd, un peu écœurant. Ti Sourire n'a pas dit un mot. Elle n'est pas venue aider Lagrace qui a distribué à boire aux familles installées sur leur couverture. Elle s'est mise dans un coin, sous un arbre et elle ne bouge plus. Il y a quelque chose de lent et d'épais dans l'air et sur les visages. Jasmin et Boutra font une pause et viennent boire le café, à la grande table en bois, rejoignant Saul, Lucine et le Vieux Tess. Lucine hésite un temps. Elle sait qu'il faut qu'elle parle, qu'elle raconte ce qu'elle a vu la veille. Elle ne l'a pas encore fait parce que, lorsqu'elle est rentrée, il était tard et Saul dormait déjà.

— Pabava ne reviendra pas, dit-elle en baissant les yeux.

Tout le monde la regarde, attendant qu'elle en dise davantage. Ils ont senti, à sa voix, que ce qu'elle avait à dire était grave. Alors elle reprend et elle raconte. Que Pabava est parti avec les ombres, qu'il y avait parmi elles une femme du nom de Valentine, qu'il a fait un petit geste de la main en disparaissant et qu'elle a compris, à ce moment-là, qu'elle ne le reverrait plus. Ils écoutent tous, avec les mâchoires serrées. Et Boutra dit d'une voix sourde :

— La ville est folle. À Fort-National, tout a été dévasté. La population a été réduite de moitié. Et pourtant, hier, une foule dense se pressait à nouveau sur les pentes dévastées du quartier… Comme revenue des morts. Le monde est fou, mes amis…

Alors Saul relève la tête et demande :

— Pourquoi ne nous réjouirions-nous pas? Les morts sont parmi nous… Est-ce que ça n'est pas une raison d'être heureux?… Ceux qui nous ont été enlevés, ceux que nous nous apprêtons à pleurer, nous allons les voir revenir. Il n'y a plus de douleur… Vous comprenez?… C'est comme si la mort… en quelque sorte… était abolie…?

Jasmin s'arrête. Le trou que Saul avait demandé de creuser est presque achevé maintenant. "Que sommes-nous devenus?", dit-il à voix haute, mais sans se tourner vers Boutra. Peut-être a-t-il honte de ce moment de relâchement, de cette hésitation qui lui fait monter aux lèvres du dégoût et une infinie tristesse… Boutra comprend. Lui aussi se souvient. Les verres de rhum bus dans l'amitié. Les discours de Saul sur l'intelligence des révolutionnaires français qui ont inscrit sur le fronton de leur République le mot "fraternité", comme un vœu, le plus précieux, celui seul capable de cimenter la nation, et les discours du facteur Sénèque qui répondait par la seule liberté, et le Vieux Tess riant, disant aux deux adversaires qu'ils étaient hors jeu, que le monde d'aujourd'hui ne parlait plus avec ces mots-là, mais vénérait la consommation et que si la République avait à se choisir un slogan, ce serait : "Consommation, satisfaction et tombola!" et ils riaient alors, buvant à nouveau. Il se souvient et la question de Jasmin résonne comme un deuil. "Que sommes-nous devenus?", "Des fossoyeurs", répond Boutra. Et lui aussi maintenant pose cette pelle parce que la terre qu'il creuse le dégoûte. Lui aussi voudrait cracher dans ce trou. Il se souvient de l'époque où son ami, Jasmin Mangecul, amenait ses poules chez Fessou avec un air gourmand, comme si le but était moins de les conquérir que de les montrer aux amis, comme s'il avait entrepris une sorte de concours sans fin où il devait faire l'amour au plus grand nombre de femmes mariées possible… Jasmin Mangecul qui parlait sans cesse de quitter ce pays, avec ce nom, toujours, à la bouche : "Miami" et le Vieux Tess avait beau s'énerver, rien n'y faisait, il disait "Miami" pour dire "je m'en sortirai", comme si, au fond, cette vie de jouisseur un peu pathétique lui procurait un profond mépris de lui-même. Et pourtant, ils avaient été heureux chez Fessou. Et aujourd'hui où ces soirées ne sont plus, ensevelies elles aussi, comme tant de noms, tant de visages, sous les gravats, il leur semble à tous les deux qu'on leur a volé le cœur.

— Des fossoyeurs, oui… murmure Jasmin. Mais les morts ne veulent plus mourir.

Boutra ne répond rien. Il acquiesce en silence. Les morts remontent de partout. À quoi bon creuser… Elle les trahit sans cesse, cette terre. Après s'être contractée pour tout détruire, voilà qu'elle recrache ceux qu'on lui confie. Jasmin se penche à nouveau et il dit d'une voix plus sourde – comme s'il constatait l'étendue de la tragédie.

— Tout est fini si les morts ne meurent pas.

Et Boutra reste silencieux. Quelque chose lui dit que son ami a raison. La joie, l'amitié, le rhum chez Fessou, les discussions à n'en plus finir, ils ne connaîtront plus rien de tout cela tant que les morts, le passé, toute l'histoire du pays s'échappera ainsi de chaque fissure, de chaque crevasse, et dansera dans la nuit sur la musique des vivants.

Il a reconnu la voix tout de suite. "Saul!… Saul!…"
Il s'est figé, et son corps a commencé à trembler. Lucine l'a regardé sans comprendre. C'est une voix de femme qui retentit dans la rue. "Saul!…" Il se lève, court sur la terrasse et descend les marches de l'escalier quatre à quatre. C'est Émeline. Là. Il en est certain. Devant la grille du jardin. Émeline sa sœur assassinée, enfin revenue. Il court, il va enfin la revoir, l'embrasser mais lorsqu'il arrive devant la porte, il se retrouve face à Dame Petite. La vieille servante a la mine fermée, le regard noir. Saul va pour la dépasser mais Dame Petite lui barre ostensiblement la route. Elle vient de fermer la porte du jardin au verrou et tient un bout de chaîne entre les mains. Saul ne comprend pas. Il est tout à sa joie et explique à la vieille servante :

— C'est Émeline… dit-il pour expliquer son excitation mais le visage de Dame Petite reste fermé.

— Saul!…, entend-on encore au-dehors.

Et maintenant, Émeline donne des coups contre la porte :

— Saul! Ouvre-moi…

— Laissez-moi passer, murmure Saul.

Son visage est devenu sombre. Il vient de comprendre que Dame Petite veut l'empêcher d'ouvrir la porte. Il serre les mâchoires. Il est prêt à se battre. Il crie à son tour pour que sa sœur l'entende, de l'autre côté de la porte en fer :

— Émeline!… Émeline, je suis là… C'est moi, Saul…

— Et que feras-tu après, Saul?

C'est la voix de Dame Petite qui a retenti. Elle le fixe avec des yeux durs et poursuit :

— Elle n'est plus de ce monde. Elle restera là, déformée encore par les coups qu'elle a reçus…

Il ne répond pas. Il est tout entier envahi par l'idée qu'Émeline est là, à quelques mètres, et qu'il peut la revoir. Alors il s'approche malgré tout et Dame Petite soudain se rue sur lui et le ceinture. Il s'énerve, essaie de se débarrasser de son emprise mais n'y parvient pas. Les bras de Dame Petite sont d'une force de tronc d'arbre. Elle le rejette en arrière et, déséquilibré par une pierre, il tombe à la renverse. Alors elle se tourne vers la rue, lève les deux mains bien haut et lance, d'une voix de dresseur de fauves : "Suffit, les morts!" Tout le monde s'est levé dans le jardin et regarde faire la vieille dame. Au bout de quelques secondes, elle se retourne vers les habitants de la maison Kénol, les embrasse tous du regard et dit :

— Je le dis : il est temps de fermer le monde. Suffit les morts. Vous voulez les garder près de vous parce que vous avez peur du deuil. Mais les morts ne peuvent rester ici simplement pour éviter aux vivants de pleurer. Ils vont attendre. Errer. Devenir fous. Je le dis, moi qui ne parle jamais, il n'y a pas de vie sans désir et les morts n'en ont plus. Ni projet, ni impatience. Ils seront là comme des arbres morts, contemplant la vie qu'ils n'ont pas. Suffit les morts! Que ceux qui veulent les retrouver cessent de vivre! Pour les autres, il est temps de les raccompagner. Que Prophète Coicou prenne la tête de la marche avec moi. Nous allons danser les ombres. Et le monde se refermera.

Saul ne dit rien. Il est comme assommé. Il sait qu'elle a raison mais quelque chose en lui veut encore bondir pour ouvrir la porte et voir Émeline. Juste cela : la revoir, l'embrasser, la serrer dans ses bras. À cet instant, Jasmin pousse un grand cri de derrière la maison. "Saul!…" La voix est tendue et grave. Saul regarde une dernière fois le portail puis se décide. Il se relève et accourt, bientôt suivi de tous les autres. La vieille Viviane est là. Sur sa chaise à bascule, les yeux fixant l'horizon, droit devant elle. Elle a écouté Dame Petite, elle : elle est morte en silence, avec un sourire sur les lèvres, sans bruit, sans fracas, pour aller rejoindre sa fille. À moins que ce ne soit Émeline qui soit venue la chercher. Viviane est morte, emmenant avec elle son autorité de patricienne et son élégance de jadis. Elle semble toute petite maintenant dans ce grand siège à bascule.

Saul s'approche avec recueillement. Il lui ferme les yeux, avec douceur. Puis, sans qu'ils aient besoin de se parler les uns les autres, ils font ce à quoi tout le monde pense. Il est impossible d'amener la vieille Kénol au cimetière. On ne prend plus de corps là-bas. Il est impossible aussi d'aller déterrer le vieux Raymond pour réunir les deux époux. Alors ils saisissent à plusieurs le siège à bascule et le font descendre au fond du trou creusé par Jasmin et Boutra. Elle sera enterrée ici. Face à sa maison. Avec le balancement lent de sa chaise pour l'éternité. C'est ce qui est juste. Dame Petite chante soudainement une chanson de loin, une chanson que personne ne comprend et qui semble venir des temps cachés, une chanson qui a l'air de dire l'immanence du vent sur la terre d'Haïti et la douceur de la lumière du matin, qui a l'air d'appeler les centaines de générations qui ont vécu sur cette terre à accueillir sa vieille maîtresse, elle chante tout bas, mais chacun entend. Puis elle se tait. Saul, alors, jette la première poignée de terre et il sent que ce que Dame Petite a appelé de ses vœux est en train d'advenir et que, par son geste, le monde commence à se refermer.

XIV

DAME PETITE

D'abord, ce n'est qu'un petit groupe d'amis, serrés dans le salon de la maison Kénol. L'après-midi décline doucement. Les bruits de la ville semblent commencer à s'estomper imperceptiblement. On sent que dans quelques minutes – une heure tout au plus – la chaleur tombera et l'air deviendra doux. D'abord, ce n'est qu'un groupe, le même que chez Fessou, écoutant la voix de rocaille du Vieux dire que Dame Petite a raison, que les morts sont mécontents et que la ville va bientôt basculer sous leur colère.

— Puisqu'il n'y a plus de place dans nos cimetières…, dit-il… Nous les enterrerons de nos paroles.

Et les amis, autour de lui, acquiescent, Saul, Lucine, Jasmin. Ils les enterreront de leurs prières. Boutra regarde l'ancêtre avec admiration.

— Chacun de nos mots sera une poignée de terre sur leur sépulture et alors seulement, le monde des vivants et le monde des morts seront séparés à nouveau.

Et le Vieux poursuit, animé par une force nouvelle. Il parle avec fièvre, les poings fermés.

— Nous devons emmener nos morts à la tombe.

Les amis acquiescent. Chacun sait que le monde ne peut vivre ainsi, que les vivants s'y perdraient, deviendraient fous. Alors ils disent oui, même Saul, encore traversé par l'envie de voir Émeline, même lui, il acquiesce, parce que c'est le Vieux qui parle. Il faut renoncer et il le fera, avec ses amis, mâchoires serrées. Prophète Coicou les regarde chacun, lentement, avec gravité et il ajoute qu'il faut emmener le plus de monde possible, pas simplement eux, le petit groupe d'amis, mais tous ceux au-dehors, dans le jardin, dans les rues du quartier et dans tous les quartiers de la ville qu'ils traverseront. Il faut emmener tous ceux qui ont perdu quelqu'un, les orphelins, ceux qui pleurent un frère, un père... La foule sera grande, mais c'est bien, c'est ce qu'il faut. Sa voix s'assombrit. Il hésite un temps, semble ému – peut-être pense-t-il à son ami le facteur Sénèque ou aux jeunes filles de l'école d'infirmières... Il reste silencieux quelques secondes puis reprend avec fermeté :

— Pour que les vivants vivent, il faut que nous semions les morts.

Et ils sentent alors que tout peut commencer.

D'abord, ils ne sont qu'un petit groupe et lorsqu'ils sortent de la maison, apparaissant sur la terrasse en bois alors que l'air s'est rafraîchi, tous les regards se tournent vers eux. Le Vieux Tess avance en tête. Sans qu'aucun mot ne soit prononcé, les gens se lèvent, traversent le jardin, empruntent l'allée centrale pour converger vers eux. Les malades qui peuvent encore marcher se joignent à eux. Les mères qui veillent sur un vieux père ou une tante se lèvent et s'éloignent sans que le malade n'essaie de les retenir, au contraire. Tous veulent s'approcher et prendre part au cortège. Lucine serre la main de Saul. La peur l'a envahie. Elle est incapable de dire ce qu'elle redoute, de mettre un nom sur ce sentiment qui s'empare d'elle, elle sent que quelque chose touche à sa fin, un monde, peut-être, une époque, elle ne saurait dire, et elle serre la main de Saul pour qu'il ne la laisse pas. À cet instant, le Vieux Tess quitte l'allée centrale. Le cortège s'arrête et tout le monde l'observe. Il marche doucement vers le manguier où se repose Lily, la petite Blanche. Personne ne la voit sourire lorsqu'il s'approche. Son visage s'illumine de reconnaissance et de douceur. Ce que tous voient, en revanche, c'est que le vieux géant la prend dans ses bras et la soulève sans l'ombre d'une difficulté. Est-elle devenue si légère ? Ou est-ce lui qui a retrouvé ses forces d'antan ? Il la prend dans ses bras et vient se remettre en place, à la tête de la colonne. La petite Blanche est si pâle, si amaigrie par la maladie, qu'on dirait un enfant au creux de ses bras, ou un petit animal qui se blottit pour sentir la chaleur humaine, rassurée d'avoir ce vieil homme pour veiller sur elle. Alors la marche reprend. Et pour l'instant, tous avancent en silence. Il faut prendre le temps de reconvoquer en son esprit ses disparus, les chers absents que l'on ne reverra plus, ceux qui nous ont été enlevés d'un coup, ceux à qui on n'a pu dire adieu. Ils sont plongés dans la mélancolie du souvenir. Saul pense à Émeline. "Lorsque nous aurons gagné nos combats, disait-elle, lorsque les femmes de Port-au-Prince sauront lire et écrire et que les gamins auront l'avenir dans les yeux, je serai vieille, mais alors là, oui, je prendrai un ou deux amants, des jeunes gens musclés aux dents blanches, et j'irai faire un bain sur la plage de Trou-Bonbon", elle riait et Saul riait avec elle, sa morte chérie qui avait décidé de sa vie à l'âge où ils étaient encore enfants parce qu'elle avait dit "frère" et que toute sa famille avait dû s'incliner devant ce mot. Elle riait en s'imaginant vieille, portée à la mer par ses amants magnifiques, mais tu ne seras jamais vieille, Émeline, et nos combats ne sont pas encore gagnés… Lucine, à côté de Saul, pense à Nine la dévergondée, Nine la tordue par le désir de jouir, Nine qui se frotte le front contre les murs des maisons lorsque les hommes ont été sales avec elle… "Qu'est-ce que la vie a offert à Nine?" – elle s'est souvent posé la question. Qu'est-ce qu'une vie qui n'est que dérive et souffrance, appels sans réponse, mains n'agrippant que des corps qui s'enfuient lorsqu'ils ont joui?… Aujourd'hui, elle regarde cette vie, brève comme un clin d'œil et juteuse comme un baiser de juillet, et elle se demande en quoi sa vie à elle est si différente, ballottée d'une épreuve à l'autre, interrompue sans cesse par les coups du sort. Il n'y a pas de sens parce que la nécessité pèse trop fort, alors oui, pourquoi pas Nine? La saveur de l'instant, sans cesse, d'un corps à l'autre, et ne rien regarder derrière soi… Nine… Elle serre encore la main de Saul car c'est la seule chose qui éloigne d'elle le tourment : cet homme-là, à ses côtés. Et ils avancent en silence, traversant tout entier le jardin, laissant derrière eux les couvertures éparpillées au sol et ceux qui sont trop faibles pour marcher. Ils avancent, au rythme lent du Vieux, et lorsqu'enfin le cortège franchit le portail et apparaît dans la rue, les badauds, stupéfaits, s'arrêtent et se signent en silence.

D'abord, ce n'est qu'un petit groupe d'hommes et de femmes avançant presque peureusement sur la route, comme s'ils hésitaient à marcher, ne sachant si ce qu'ils font est permis, et puis Dame Petite se met à chanter, de sa voix de vieille femme usée par la vie, fatiguée de traîner sa carcasse, et sa voix devient plus rauque, plus dure. On sent que ce petit bout de femme peut mordre dans les arbres et frapper contre les pierres parce que plus rien ne peut venir à bout d'elle. D'abord, ce n'est qu'un petit groupe d'hommes et de femmes que l'on pourrait prendre pour des pèlerins, ou les membres d'une nouvelle Église évangélique, mais de nouvelles personnes ne cessent de les rejoindre, il en vient sans cesse, comme si le chant de Dame Petite les attirait ou comme si tout le quartier avait attendu cette marche depuis longtemps. La foule devient plus dense. C'est une longue colonne d'hommes et de femmes qui serpente dans les rues, d'un pas lent. La lumière du jour tombe doucement. Aucun d'eux ne sait où ils vont exactement. Ils ne font que suivre Prophète Coicou et le Vieux, soudain, lève la main avec autorité. Il se tourne vers la foule, embrasse du regard cette longue colonne et dit à voix haute : "Les morts sont parmi nous…" sans que l'on sache si c'est une menace ou un sujet de satisfaction. Et il pose à terre la petite Blanche, Lily, qui descend de ses bras à regret. Elle se met à marcher elle aussi, de façon hésitante, basculant en avant parfois, manquant de tomber… Elle marche car plus personne ne doit être porté. Que les vivants et les morts marchent côte à côte, une dernière fois. Le Vieux Tess voudrait veiller sur elle mais il ne peut pas. Chacun doit accepter le rythme de la colonne, marcher, et suivre jusqu'au bout tout ce que la nuit va leur imposer.

Lorsqu'ils descendent la rue Capois, une silhouette courbée se tient sur le trottoir. C'est le facteur Sénèque. Il attend que la colonne arrive à son niveau et il se fond dans la foule, le visage en larmes, retrouvant ses amis, Boutra, Saul, Jasmin. Il étreint en silence chacun d'eux. La voix du Vieux Tess retentit à nouveau : "Les morts sont parmi nous, mes amis… Et ce n'est pas juste." Boutra en a le cœur serré, car il vient de comprendre que le facteur Sénèque est une de ces ombres et qu'il faudra se séparer à nouveau. Jasmin pleure. "Il faut marcher, Jasmin… Jusqu'au bout…" lui glisse à l'oreille Boutra et tous ont cette idée en l'esprit : quoi qu'il arrive cette nuit, il faudra marcher, ne pas cesser de marcher, jusqu'au bout de ses forces, malgré les cris qui ne manqueront pas de retentir, malgré les douleurs, marcher et ne jamais s'arrêter… La foule a encore grossi, dans les rues du quartier, elle bourdonne maintenant du bruit de ces centaines de pas claqués contre le bitume, avançant très lentement, comme une danse immobile. Et lorsque le Vieux marque un temps d'arrêt, c'est comme s'il ordonnait à une armée entière de s'immobiliser. On entend alors le souffle conjoint de ces dizaines d'hommes et de femmes, d'ombres, de vivants et de morts mêlés dans la nuit, qui se touchent pour retarder le temps de l'oubli. Et lorsqu'il repart, la foule derrière lui s'anime et reprend sa marche, stupéfiant les oiseaux et faisant détaler les chiens.

D'abord, ce n'est qu'un cortège d'hommes et de femmes marchant droit dans la nuit, puis, au carrefour des rues Macouly et Dame-Marie, le Vieux Tess impose une étrange danse à la colonne qui le suit. Il s'engouffre dans la rue Dame-Marie puis, s'arrête, revient en arrière, fait plusieurs pas chassés sur le côté et repart en courant vers la rue Macouly. Derrière lui, c'est la confusion. Ceux qui suivaient ne comprennent pas ce qu'il fait, les corps se bousculent, certains tombent, d'autres hésitent, se relèvent. Saul et Lucine sont serrés l'un contre l'autre. Au carrefour de Macouly et Dame-Marie, le Vieux Tess commence à semer les morts et la première à s'égarer est la petite Lily, tache blanche qui disparaît derrière eux. Elle était morte depuis longtemps Lily, là, au pied du manguier du jardin, comme elle l'avait souhaité, au milieu de femmes et d'hommes qui toussent, se lamentent, cherchent un peu de repos, sourient d'un peu d'eau offerte, ou d'une caresse pour éponger le front. Elle était morte là, son corps épuisé d'avoir tenu si longtemps, et le Vieux Tess savait bien qu'elle serait la première. "Il faut danser les morts", murmure-t-il. Il fait maintenant des pas de côté, allant à reculons, accélérant d'un coup, "Les morts doivent être semés sur le chemin et ne plus jamais savoir comment revenir dans le monde des vivants". Alors le cortège entame une danse saccadée faite de pas de remords, d'hésitation, de course. Lagrace regarde Ti Sourire, à ses côtés, qui peine de plus en plus et trébuche. Son amie ne tiendra plus longtemps. Lagrace repense à ces instants sous les décombres, lorsque Ti Sourire l'encourageait à tenir, la poussait vers la lumière, c'était une morte qui l'aidait. Alors elle serre la main de Ti Sourire pour lui dire merci. C'est grâce à sa force à elle, à sa ténacité qu'elle a tenu. C'est grâce à sa voix dans la nuit des éboulis qu'elle a pu atteindre la main du sauveteur. Mais la jeune femme n'y arrive plus. Adieu Ti Sourire, il faut partir… Leurs mains se séparent, le mouvement de la foule est le plus fort.

Adieu Lagrace… Un dernier regard volé à la nuit avant de retourner au néant… Partout, maintenant, dans le cortège, des silhouettes tombent ou disparaissent, adieu les morts, vous ne nous suivrez pas, et tous maintenant se regardent avec crainte, redoutant de découvrir que celui qu'ils aiment, celui qu'ils tiennent par la main ne disparaisse à son tour. Le Vieux Tess ne cède pas. Il ne s'arrête jamais. Adieu les morts, et la petite Lily, perdue dans la nuit, embrasse une dernière fois du regard cette colonne d'hommes et de femmes qui s'éloigne dans un bruit mat de pas frappés sur le sol.

D'abord, ce n'est qu'un cortège d'hommes et de femmes vaillants, entrant dans la nuit d'un pas sûr, mais maintenant la colonne semble se déliter, s'éparpiller, se briser. Des ombres restent sur le bas-côté, tête basse, désespérées d'être chassées du monde. À chaque carrefour, il s'en perd. Les morts ne savent plus où ils sont. Ils sentent qu'ils vont devoir rejoindre le pays des ombres et ils pleurent sur leur vie, sur les amis qu'ils quittent. Maintenant, la colonne avance d'un pas saccadé et tout le monde tremble. Les vivants ne savent plus s'ils sont vraiment vivants. Ils craignent de se découvrir morts. La colonne avance dans la peur, suivant toujours le Vieux Tess qui, lui seul, semble savoir où il va. Au carrefour Belle-Feuille, Boutra et Jasmin regardent le facteur Sénèque partir. Il est venu marcher une dernière fois avec eux, mais il est temps de disparaître. Il s'avance vers ses deux amis, le cœur serré, mais heureux qu'il lui ait été donné de les revoir. Il les enlace, sans un mot, et Jasmin pleure tandis que Boutra glisse à l'oreille du mort "Au revoir Sénèque".

Ils voudraient prendre plus de temps, parler encore, se remémorer les bons souvenirs, lui demander s'il y a des choses qui doivent être faites ici, dans le monde des vivants en sa mémoire, mais ils n'ont plus le temps. Adieu Sénèque… Le petit homme s'est arrêté de marcher. Ils le laissent derrière eux. Il est de plus en plus loin, avec un triste sourire sur le visage. Nous ne boirons plus ensemble, l'ami. Tu ne nous apporteras plus nos lettres avec un mélange de solennité et de gourmandise comme si c'était toi qui les écrivais, toutes les lettres de ta besace… Adieu Sénèque. Tant que nous vivrons, il restera un souvenir de toi, de ton rire, puis, lorsque nous mourrons à notre tour, plus rien, comme toutes ces vies d'homme qui s'évaporent. Adieu Sénèque, tu n'es déjà plus qu'une silhouette avalée par la foule, et tout se poursuit. Maintenant, la fatigue commence à se faire sentir dans les muscles. Cela fait plus d'une heure que la colonne avance, traversant la ville, dansant d'un pas saccadé à chaque carrefour. Il faut poursuivre, et puis la voix du grand Tess retentit : "Je vous dis adieu, mes amis" et d'abord, ils ne comprennent pas. Il s'est arrêté à quelques mètres devant la colonne, s'est retourné, a embrassé du regard tous ses camarades, Saul, Jasmin, Boutra et Lucine. "Adieu" car il a été aussi loin qu'il a pu. Il le sentait déjà depuis quelque temps : il fait partie des ombres. Il avait espéré que cela ne soit pas vrai, mais il en a été sûr lorsqu'il a rencontré la petite Lily. Ils se sont reconnus, elle encore vivante mais avec un pied dans la mort et lui, défunt accroché au monde. Là, il a su. Il a tout revu : il est mort dans sa maison effondrée, dès le premier jour, et déjà lorsqu'il s'agitait sur la montagne de gravats de l'école d'infirmières,

il n'était plus qu'une ombre, alors il a béni les crevasses de la terre qui permettaient à des morts comme
lui de jouir encore un peu de leurs amis, des odeurs
du monde et il a marché sans plus ressentir aucune
fatigue, sans plus de difficulté à respirer, sans plus
de vieillesse non plus… Il a arpenté cette ville d'un
point à l'autre, et lorsqu'il tenait la petite Blanche
dans les bras, elle ne pesait rien. Il savourait ces instants où des bruits lui parvenaient encore – un coq,
une voiture qui klaxonne, un couple au loin qui se
dispute. Oui, il lui a été donné de vivre un peu plus
longtemps que sa vie, et il a tout pris. Adieu, je suis
mort de ma maison effondrée en serrant sur moi la
lettre de Mary et les souvenirs de jeunesse. Ne pleu-
rez pas, je suis un homme vieux et j'ai bien vécu.
Mais Boutra s'approche. Il ne peut se retenir, le visage
mouillé de larmes, incapable d'y croire. Il serre son
ami avec force, Que ferons-nous sans toi, Prophète,
ami de toute une vie ? Il le serre en sanglotant et finit
par lui souffler "merci" à l'oreille, il le fait au nom de
Fessou et de ces heures de partage, il le fait au nom
de cette marche qu'il a lui-même conduite pour que
les deux mondes se séparent, il le fait et une voix de
femme, éraillée et étrange retentit, c'est Dame Petite
qui reprend la tête de la colonne et qui, par son cri,
invite les vivants à la suivre. Alors tous se remettent
à marcher, et le Vieux Tess s'évanouit dans la nuit.

Maintenant, elle le dit, en serrant la main de Saul,
"J'ai peur", et il comprend parce que lui aussi tremble,
il ne sait pas jusqu'où les mènera cette marche.
Lorsqu'ils arrivent dans la rue Monseigneur-Guilloux, une foule de silhouettes s'est pressée sur les

bas-côtés de la rue et les regarde passer. Ce sont les élèves infirmières englouties sous l'effondrement de l'école. Elles sont toutes là, immobiles. Ti Sourire les a rejointes. Elles regardent de leurs yeux d'enfants cette colonne d'hommes et de femmes vivants qui suent, crient, et se pressent les uns contre les autres tandis qu'il n'y a plus que vide et béance en elles. Elles se pressent là, pour les voir défiler et attraper peut-être encore un peu du parfum de la vie. C'est comme une haie d'honneur sombre entre laquelle la colonne se faufile. "J'ai peur", répète encore Lucine. Elle ne parle pas des silhouettes des petites, elle parle de ce sentiment qu'elle a en elle et qui croît, "Un de nous deux est mort, pense-t-elle en serrant la main de Saul… et je ne sais pas lequel… Au bout de cette marche, un de nous deux va se perdre et ne saura pas revenir… Au prochain carrefour, ou dans une heure, peu importe, je le sens…" alors elle le lui dit à nouveau : "Serre-moi, Saul", pour qu'ils traversent cette nuit ensemble, "serre-moi pour que celui qui vit encore chasse la mort par la chaleur de son corps, je veux rester avec toi, et que tu restes avec moi, serre-moi, Saul. À chaque pas chassé que fait Dame Petite, les morts s'égarent, nous avons perdu Ti Sourire et le Vieux Tess, nous avons perdu la petite Blanche et Sénèque, mais je te tiens et tant que tu me serres la main, tu ne pourras pas t'égarer, ni moi…" La colonne continue d'avancer, laissant maintenant les silhouettes des petites infirmières redescendre dans les trous des gravats. Elles retournent à leur tombeau à ciel ouvert, le corps écorché, supplicié, coupé de la vie à l'âge où elles auraient dû l'embrasser, "Serre-moi, Saul, et si nous devons plonger au cœur de la terre, que ce soit ensemble…"

Et puis une femme se met à crier et Lucine reconnaît Nine. Elle pousse de longs cris de douleur en se pliant en deux, comme si elle était chevauchée par les esprits ou comme si un mal lui rongeait le ventre. La nuit, déjà, touche à sa fin. Est-il possible que la colonne ait marché pendant plusieurs heures? Le temps a glissé et le jour va bientôt se lever. Ils longent le grand cimetière de Port-au-Prince. Adieu les morts. Les derniers doivent partir. Nine se tord. Elle ne veut pas. Elle a accompagné la colonne cahin-caha, riant, criant comme si elle était saoule. Elle les sentait, là, tout autour d'elle, les hommes et leur sueur, les hommes et leur vie, leurs muscles, le souffle qui leur sortait de la bouche. Elle a effleuré du bout des doigts les lèvres d'un jeune garçon d'une vingtaine d'années. Elle a pris ses mains et elle les a posées sur ses fesses, en souriant, pour qu'il la touche, pour qu'il lui fasse oublier qu'elle était morte, pour sentir encore la fièvre des corps. Nine, elle a ri avec tous ses tourments de femme-enfant qui ne sait pas vivre, mais maintenant il faut mourir à nouveau. Elle se tord le ventre. Lucine voudrait ne pas regarder mais elle ne peut pas. Elle la contemple, elle s'approche même, "Ma sœur…", elle l'embrasse dans les cheveux, "Nine…", elle voudrait la calmer, la convaincre de se laisser faire. C'est comme un enfant terrifié qu'il faut apaiser. Elle lui dit "Nine…" avec un ton doux comme elle dirait : "Il faut être raisonnable…" et elle s'en veut, car est-ce raisonnable que d'accepter de disparaître? Est-ce qu'elle n'a pas raison de crier et de se débattre comme elle le fait maintenant? "Nine…" Sa sœur la regarde, l'embrasse avec force, les yeux pleins de larmes en lui murmurant : "Je suis si petite…"

comme si Lucine pouvait intercéder en sa faveur, puis elle fait quelques pas en arrière et d'un coup, son visage change, elle est secouée de mouvements nerveux et crie "Je veux des hommes !…" et elle saute, se cabre, se retourne, "… Des hommes !…" Elle pourrait s'arracher les cheveux. Mais soudain, elle se fige. Un peu plus loin, elle vient d'apercevoir trois silhouettes qui l'observent et semblent l'attendre. Il y a deux enfants et une femme. Nine les regarde en grimaçant. Elle hésite, se plie en deux, le ventre tordu. "Non…" C'est une longue plainte qui lui sort des entrailles, Nine qui retrouve ses enfants, Alcine et le petit Georges, toujours accompagnés de Thérèse. Ils sont là. Ils attendent que Nine les rejoigne. "Non…" Nine se tord de douleur et Lucine voudrait déchirer le monde. Le séisme a tout englouti à Jacmel, sa sœur, son neveu et sa nièce, toute la maison de la rue Alcius-Charmant. Elle voit ses deux sœurs s'éloigner. Il ne reste plus qu'elle, Lucine, et elle repense alors à l'esprit Ravage qui avait surgi dans les rues du marché de Jacmel et qui s'était arrêté si longtemps devant elle pour la contempler en silence. Elle avait toujours cru qu'il l'avait marquée de sa malédiction mais peut-être était-ce le contraire, Lucine, la seule échappée du grand appétit de la terre. Adieu les ombres, il faut laisser partir tout ce qui est mort, tout ce qui a été éventré, retourné, ces vies englouties que l'on a aimées, Adieu les miens, elle ne sentira plus jamais l'odeur d'enfant dans les cheveux de sa nièce, ni ne caressera la joue de sa sœur, les soirs de pleurs, Adieu, elle serre la main de Saul, et laisse partir sa sœur cahin-caha. Nine délire. Elle parle aux murs et aux passants, Nine fragile qui va retrouver ses enfants morts et ses tourments, sa voix est moins forte, mais elle parle encore "Je vous dirai ce que j'ai vu…" sa voix qui veut séduire mais qui pleure à nouveau "… Écoutez-moi" et Lucine ne peut plus la quitter des yeux, "Adieu ma sœur fracturée…" Nine relève sa jupe, et essaie encore d'amadouer les derniers hommes qui passent "Je vous raconterai… C'était si beau… Venez… Prenez-moi…" et elle pleure en riant, pleine du souvenir de la vie qui la quitte, s'agrippant jusqu'à la dernière seconde à son corps qu'elle touche, jambes ouvertes, pour jouir encore, et disparaître ainsi, dans l'extase…

Le jour va se lever et la colonne menée par Dame Petite s'arrêtera bientôt sur les bords de la route, éparpillée et exsangue, comptant ceux qui ne sont plus là, faisant repasser en esprit les images de cette nuit de déchirure. Ils le sentent, tous, que la traversée s'achèvera bientôt, avec les premiers rayons du soleil, mais Dame Petite est infatigable. Elle n'est pas résolue à s'arrêter. Il faut aller jusqu'au bout. Elle continue à avancer par saccades, à changer de direction, à revenir en arrière, et les corps épuisés, derrière, ont de plus en plus de mal à la suivre. Lucine trébuche, se relève, hésite, une pensée l'envahit qui l'empêche de se concentrer sur la marche "Je me souviens maintenant", elle voudrait s'arrêter pour souffler, être dans le silence, mais elle sait qu'elle ne doit pas, qu'il faut rester aux côtés de Saul, "Je me souviens… La réplique… La maison à moitié effondrée… Il y avait cette voix d'homme ou de femme que je n'ai pas trouvée… Serre-moi fort, Saul…" et il la serre, car lui aussi se met à trébucher, il n'a plus de force dans les jambes, il la serre mais la foule autour d'eux se fait dense à nouveau. Tout tourne et se bouscule. Dame Petite mène la danse. Elle sait qu'il faut être sans pitié, pas chassé, déhanchement, il faut semer les morts jusqu'au dernier, et tant pis pour la douleur, tant pis pour les déchirements et les pleurs, le tournis, pas chassé. "Je ne vois plus rien", dit Lucine, la tête lui tourne, elle a peur, elle murmure alors à Saul que si c'est elle qui doit disparaître, elle veut qu'il vive... D'abord il ne répond pas, lui met la main sur la joue, mais elle répète, elle le fait jurer, vivre, cela veut dire reprendre son activité dans les quartiers, au nom de Fessou, d'Émeline et d'elle, Lucine, qui aurait voulu avoir le temps de l'aimer, la politique et l'ivresse de la vie, alors il promet, oui, au nom des hommes qu'il a aimés et qui ne sont plus là, il vivra, et la phrase de la vieille Viviane bat dans son crâne "Les Kénol ne se cachent pas"... Lucine semble s'apaiser lorsqu'il promet et il ajoute alors : "Tous les deux, Lucine", en lui serrant fort la main parce que le jour est proche, parce qu'il ne reste plus que quelques minutes à tenir et qu'ils peuvent y arriver, tous les deux, mais elle n'y croit plus, elle lui dit : "Je ne vois plus, Saul..." et elle ajoute avec urgence, en parlant vite comme si chaque seconde lui était comptée : "Dis-moi le nom de la rue de la maison Kénol, dis-le-moi vite... J'ai oublié...", sa voix est prise par la peur. Si elle oublie le nom des lieux, elle ne pourra pas revenir... "Dis-moi le nom de la rue de chez Fessou, Saul... C'est là que nous nous retrouverons..." et il voudrait répondre mais il ne peut plus, car lui aussi, le vertige le prend. Sa tête tourne et les silhouettes, sous ses yeux, se mélangent. Lequel des deux est mort?... Lequel s'en va?... Il serre la main de Lucine mais ne voit plus rien, les corps à côté de lui, le martèlement des pas sur le sol, la voix éraillée de Dame Petite qui invective la foule comme un général en campagne le ferait avec son armée, hurlant "Encore!... Encore!...", pour que la colonne aille jusqu'au bout, le jour se lève, "Encore!", il tient la main de Lucine mais ne la voit plus, c'est elle qui parle maintenant, "Tous les deux, Saul" comme si elle voulait qu'il se concentre, reprenne ses esprits, il trébuche, on le bouscule, le chant des coqs résonne au loin, un chat passe entre ses jambes, du moins en a-t-il la sensation, mais est-ce possible?... "Encore!..." les voix autour de lui, le bourdonnement des souffles qui piétinent sur place, obéissant à la voix de Dame Petite "Encore!..." et celle de Lucine, claire, dans son oreille – presque comme si elle était en lui maintenant, "Tiens-moi serrée, Saul" et c'est lui qui voudrait qu'on le tienne, il se sent perdu, infiniment seul dans la foule. Lequel des deux a lâché la main de l'autre? Il ne sait pas, tout est confus, il est étourdi... Est-ce que tout s'achève ainsi? Plus rien, le néant... Il s'arrête, bascule à terre, "Serre-moi fort, Saul", la voix de Lucine, encore, qu'il emporte dans son évanouissement et plus rien au lointain, comme un souvenir du monde, que les voix entêtantes des vivants qui continuent à scander la marche pour appeler le jour.

ÉPILOGUE
MATRAK

C'est toujours là qu'il passe la prendre, au coin de la place Sainte-Anne, à l'endroit exact où il l'a vue pour la première fois, deux ans auparavant. Il était passé un soir le long des baraques en tôle qui se sont installées, là, sur la place après le séisme. C'est un camp de familles sans toit qui se serrent dans la crasse et les ordures, attendant le jour où, peut-être, on se souviendra qu'ils n'ont toujours pas de maisons. Il l'avait vue au coin de la place, scrutant la nuit comme si elle cherchait quelque chose, droite comme une vigie. Il avait pilé. Elle l'avait reconnu tout de suite. Lui n'avait rien dit. Elle s'était approchée de la voiture, comme si c'était cela qu'elle attendait depuis toujours. Elle avait ouvert la portière arrière et s'était assise sans même lui demander si elle pouvait. Une fois installée, elle avait dit simplement : "Roule, Matrak" et il avait obéi. Il ne pouvait faire autrement. La femme revenue des geôles de Fort Dimanche le lui avait dit : "Tu seras son cocher." Roule, Matrak. Depuis deux ans, c'est ce qu'il fait tous les soirs. Il passe la prendre dès que la nuit tombe. Le reste, tout le reste est effacé.

Ce qu'elle fait le jour, personne ne le sait. Elle vit là, parmi les ombres du camp de réfugiés de la place Sainte-Anne, au milieu des baraques en bois, des gamins sans pantalon, des filles crasseuses de charbon aux yeux étincelants. Elle vit là, comme une ombre parmi d'autres, au cœur de la ville, sans jamais sortir de la place car elle ne retrouverait plus son chemin. Elle attend la nuit. Et le soir, lorsque la voiture se gare, elle ouvre la portière arrière comme elle l'a fait la première nuit, elle monte, avec le même regard brillant d'impatience, et lorsqu'elle referme la porte, elle lui dit toujours cette même phrase, en lui murmurant comme un cavalier le ferait à son cheval, "Roule Matrak, roule…" et elle se cale au fond de la voiture, le visage contre la vitre.

Roule, Matrak. Elle regarde la ville de ses grands yeux. Elle ne se souvient plus de rien, mais elle sait que ce qu'elle cherche est là, quelque part, dans ces quartiers du bas de la ville où l'on brûle les ordures de la journée au coin des rues, dégageant parfois de grosses volutes de fumée qui sentent la misère. Elle observe tout, avec avidité, scrutant chaque visage, espérant à chaque virage reconnaître une silhouette et pouvoir enfin mettre la main sur l'épaule de Matrak en lui disant de s'arrêter. Chaque nuit, elle mange des yeux la ville et cherche dans sa mémoire le nom des rues qu'elle ne retrouve plus. Elle voit des hommes qui continuent de vivre, qui s'agitent, courent, suent. Elle voit les camps de réfugiés, comme des croûtes de tôles sur l'asphalte, elle voit les truies, indifférentes aux hommes, fourrageant dans les immondices. La vie est là, fiévreuse, malade, cherchant un sens à cette survie permanente. Elle embrasse tout du regard. Matrak ne dit rien. Il ne parle jamais. Il roule avec obstination. Ce sera ainsi jusqu'à ce qu'elle trouve. Ce sera ainsi pendant des mois, des années peut-être. Le temps n'a plus de prise sur eux deux, il n'y a plus qu'une succession de nuits et elle cherche de tous ses yeux, car il reste un nom en son esprit, un nom au milieu de toute une vie oubliée, de toute une mémoire en éboulis, un nom, et elle le dit celui-là, se le répète souvent à elle-même pour être sûre de ne pas l'oublier : Saul. C'est lui qu'elle cherche. Saul, elle finira bien par l'apercevoir, sur un trottoir, assis devant une maison. Saul, en vie dans cette ville immense qui mange tout, les hommes, les existences, le temps même. Il est là, à quelques pâtés de maisons peut-être… Elle ne se souvient plus du nom des rues, mais il est là, forcément… Elle pense souvent que c'est elle dorénavant, l'esprit Ravage. Elle est l'ombre parmi les vivants. Si elle cherchait Saul de jour, elle sait ce qu'il se passerait : elle ferait fuir les passants comme Mam' Popo avait fui devant l'ombre du marché de la rue Veuve. C'est pour cela qu'elle reste tout le jour au milieu des cabanes en tôles du camp de la place Sainte-Anne, invisible au reste du monde. Elle a choisi la nuit et elle finira par trouver son homme, car elle sait qu'il est encore en vie.

Roule, Matrak. Elle se souvient de sa main dans la main de Saul. Il l'a serrée jusqu'au bout, et Dame Petite n'a pas réussi à la semer tout à fait, elle a tenu, s'accrochant au vivant, et elle cherche maintenant partout dans la ville. Elle veut son homme. La mort ne la retrouvera pas. Les failles se sont refermées. Elle le sait maintenant. Les hommes ont tort de penser que les esprits Ravage viennent les tourmenter pour essayer de les emmener dans la mort, c'est l'inverse. Ils se sont évadés et cherchent les vivants qui se souviennent d'eux. Elle se rappelle la peur qui l'avait saisie lorsque l'ombre de Jacmel avait eu un petit mouvement de tête en la regardant, comme pour la flairer. Elle se souvient de ces minutes d'immobilité lorsque l'ombre l'avait dévisagée. C'était avant que tout ne commence, avant la mort de Nine, le retour à Port-au-Prince, le séisme, et aujourd'hui, c'est à son tour de chercher. Elle sait qu'elle trouvera. Elle attend le jour où Saul apparaîtra. La voiture glisse dans le soir de Port-au-Prince, Roule Matrak, elle regarde tout, attendant avec impatience cet instant où elle pointera du doigt un homme dans la rue en criant "Saul !" et où Matrak s'arrêtera. Elle se précipitera alors dehors, jusqu'à le rejoindre, et il ouvrira de grands yeux stupéfaits. Saul, elle a le nom encore sur les lèvres, et son parfum d'homme dans la tête. Il reste cela. Qu'on ne lui demande pas de mourir, elle ne le fera pas. Elle attend le jour où Saul la serrera dans ses bras comme le font les hommes qui veulent danser, rire, ou aimer, elle attend ce jour car elle sait qu'il viendra et elle sentira alors ce qu'elle espère chaque soir depuis deux ans, chaque fois qu'elle monte dans la voiture de Matrak, elle sentira à nouveau la douce chaleur du vivant, et elle pourra dire, à son tour, avec une voix fatiguée mais heureuse : "C'était magnifique…"

TABLE

TABLE

OUVRAGE RÉALISÉ
PAR L'ATELIER GRAPHIQUE ACTES SUD
ACHEVÉ D'IMPRIMER
SUR ROTO-PAGE
EN NOVEMBRE 2014
PAR L'IMPRIMERIE FLOCH
À MAYENNE
POUR LE COMPTE DES ÉDITIONS
ACTES SUD
LE MÉJAN
PLACE NINA-BERBEROVA
13200 ARLES

DÉPÔT LÉGAL
1re ÉDITION : JANVIER 2015
N° impr. : 87680
(Imprimé en France)